笑

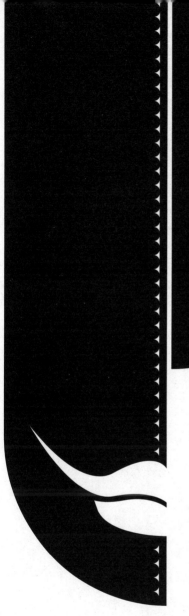

［日］松本清张

李洁 —— 译

江苏凤凰文艺出版社
JIANGSU PHOENIX LITERATURE AND
ART PUBLISHING

目 录

虚线的下绘

1

久间傍晚六点来到仓泽家门前时，看到大门口停着一辆汽车，他估计是哪家画商来了，于是掉头便往回走。不过，刚走出一百米，他又改了主意折返回来。

这时，一个男人出了大门向车走去，久间急忙闪到一户人家的侧面。车灯亮了，司机下来开门。男人个子矮小，久间不曾见过。反正是画商吧，自己同画商早就没了来往，所以并不知道这人是哪家的。

等车尾的红灯消失在对面街角，久间这才走进仓泽家的玄关。打开门，发现门口并未整齐摆放着访客的鞋子。

想不到仓泽忽然闪了出来，说了句："是你啊。"看样子是以为刚才的客人忘了东西回来取。

"现在方便吗？"久间问仓泽。

"嗯，方便。你还没吃饭吧？"

仓泽领着久间拐进旁边的走廊。这栋房子有日式和西式两间客厅，但仓泽从不让久间去那里，而总是带他去别栋一间八叠①榻榻米大的房间。这里是家人密友闲谈的地方，仓泽也绝不会让画商进去。

仓泽总带久间来这里，其实是为了避免他遇见画商。久间虽然以为不必再有这种顾虑，但要刻意挑明心里又有些抵触，所以从来没说过。

最近仓泽发了福，很有些派头。他朝走廊大声喊："久间来了，拿点吃的过来。"

仓泽的妻子道子应声从拉门后探出头来，说："您什么时候来的？我都没发现。"

久间又不能说自己刚和画商擦肩而过，于是只是轻轻招了下手，算是打招呼。

"还是喝威士忌吗？"仓泽问。

"对。"久间回答。

"偶尔也喝点啤酒嘛？"仓泽眯着眼睛笑道。

"啤酒也喝，不过今天还是想喝威士忌。"

———————————

　　①　八叠，日本计量室内面积时多用到数量叠词"叠"，几叠即面积为几张榻榻米大小，榻榻米的尺寸不同地区并不一致，但通常认为一叠为 1.62 平方米，此处八叠约为 13 平方米。

　　仓泽一边说着啤酒现在也越来越好了，一边透过玻璃拉门看着庭院。残阳的余晖正照在不远处的树枝和石头上。

　　"怎么样，工作还顺利吗？"仓泽拿起女佣端来的苏格兰威士忌给久间杯子里倒上。

　　"嗯，马马虎虎。"

　　"是吗？"

　　久间现在的工作是以油画的形式为顾客画肖像画。而仓泽画的，毋庸置疑是更为纯粹的绘画。从仓泽的角度来说，他对久间的工作也不便多问。仓泽现在在中坚辈画家里已经属于顶级了，有两家一流画商一直和他保有合作。

　　等道子端来饭，还没等在餐桌上摆好，女佣就进来说又有访客到来。

　　道子有些为难地看着丈夫。仓泽叹了口气说道："真麻烦，你去接待吧，这边我们自己来就好。"道子摘下围裙，起身离开了。她目前实际上相当于仓泽的经纪人。从和画商的交涉，到是否接美术杂志的约稿，都由这位妻子全权负责。

　　"你还是这么忙啊？"

　　久间以一种自然的口吻问道，不让对方觉得有讽刺之嫌。

　　"也没有了。只是进进出出的人多看起来忙而已。"仓泽回答道，他似乎被杯中的威士忌呛到了。

两个人聊了些无关紧要的事，过了二三十分钟，道子回来了，递了个眼神叫仓泽过去。

听完妻子的耳语，仓泽回头看着久间说："不好意思，我可能需要失陪个十分钟。客人在门口，我马上就回来。"

剩下久间一个人后，餐桌上的杯盘和饭菜感觉都成了冷冰冰的物体。

久间刚才说喝威士忌，是因为不想在仓泽面前喝啤酒。仓泽也会意了吧，所以才故意对啤酒一带而过。仓泽一定觉得完全不提，会被对方认为太刻意。仓泽就是这样一个细腻敏感的男人。

——那已经是十年前了。那个时候久间的前妻还活着，而啤酒似乎也沉在他遥远的记忆深处。

那时仓泽和久间之间就已经相差悬殊。久间在画坛还是一名影响甚微的新晋画家时，仓泽已经由新晋画家华丽丽地跃入了中坚画家之列。报纸上的展会评论对其赞不绝口，大奖一个接一个被他收入囊中。非专业杂志上甚至也大幅刊载着他的画作。当然，那时他已经是画商追捧的对象了。

久间一直在隐忍。他认为自己只是比仓泽晚一些成名而已。他并不认为仓泽的画有多好。世人太过夸大其词了。仓泽的画里有些不稳定的因素，在不久的将来一定会阻碍他更进一步。这点别人没有发现，仓泽自己似乎已经意识到了，不过一直拖延着无法解决而已。

在久间的设想中，不久仓泽就会进入低迷期。在此期间久间打算一口气追上他。不，就算没有那么迅速，至少可以缩短距离。那时久间还有这种自信和活力。

后来因邻居家意外失火，久间的家也被付之一炬。那块地皮是租的，房子也没有上保险。在久间乡下的老父亲去世后，他马上卖掉仅有的一片山林，盖了这栋带有画室的房子。

"公公的山那么快就被我们卖掉，这算是上天对我们的惩罚吧。"前妻定子说。

火灾以后，他们又因为无法画画而不愿选择狭小、光线晦暗的廉租公寓，因此一度面临无处栖身的窘境。

是仓泽这时对他们说了一句："要不要来我家？我们可以共用一个画室。"仓泽家那时还没有搬到现在的住址，但也非常宽敞。正好仓泽的妻子一个月前外出疗养，还要三个月才回来。仓泽解释说："请你们夫妇来也可以顺便照料下我的饮食。"他当时正抱怨不住家的家政妇薪水不薄却总是偷懒耍滑。

久间后来一直后悔自己当初不该兴冲冲地接受邀请。如果仅仅是房子被烧了还好，但他们夫妇俩竟然不假思索就住进了仓泽家。在他看来，正是这开启了自己后来的失败。

仓泽为久间夫妇提供的是紧邻玄关的两个房间，而他自己则住到了二楼。定子因为感到在仓泽家借住实在不好意思，于是就和家政妇一起打扫整栋房子，对于饭菜也尽心竭力。仓泽很高兴。

仓泽和久间决定每隔三天轮换一次画室。这点儿仓泽一直严格遵守，无论工作积压了多少，到了约好的那天他一定会收起画板，把画室让给久间。

但久间和仓泽最开始都没料到的事情发生了。其实是因为久间太糊涂，他早该知道来这个家拜访的人都是来找仓泽的。这听起来也许理所当然，但是这里除了主人外明明还有一位画家。然而，无论画商还是美术杂志的编辑，来的无一例外全都是仓泽的访客，没有人找久间。

因为自己的房间离玄关不过一尺之遥，所以每当有访客，都是久间或者他的妻子定子出来迎接。

"您好啊，"画商经理和杂志编辑们看到久间，笑得一脸灿烂，"请问仓泽先生在家吗？"

"请稍等。"

久间或者爬上二楼，或者去画室通知仓泽。

"说请您进来。"听到仓泽的回复久间返回玄关说道。

"让久间先生传话实在惶恐啊。"来访者要么一只手抬到额头，要么鞠躬致谢。他们称呼仓泽先生的时候，也同样称呼久间为久间先生。久间在五六年前同仓泽一起成了新晋画家，画商和编辑都认识他。可若是定子去玄关，即便他们知道了这是久间的妻子，态度却依然如同对待女佣一般。

2

一个月这样还好，但后来久间也渐渐郁郁寡欢起来。无论来多少客人，都没有画商说想要久间的画，也没有编辑拜托他写篇随笔。每次久间来玄关，这类访客都多少有些尴尬地笑着，请他转告仓泽有客来访。

久间事到如今才明白，自己和仓泽竟然差距如此悬殊，这让他备受打击。以前不在一起他不知道，现在住到一起后他才认清这个现实。访客在二楼或者画室和仓泽谈完事情后匆忙回到玄关。久间常常隔着拉门茫然地听着访客的脚步声。他们别说和久间打声招呼，似乎恨不能一个个放轻脚步，逃一般地穿过外面的走廊。

进到三天一轮换的画室，久间毫无热情地继续画着不知何年何月才能卖出去的画。久间用画室时仓泽从没来过画室。久间知道自己的心情仓泽全都明白，所以他才不来。仓泽这个男人很会顾及别人的感受。

　　所以，久间在仓泽画画时也从不靠近画室。仓泽的画一张接一张卖掉。不，甚至在他还没动笔时，就已经和画商谈妥了销路。对仓泽来说，每一件都润笔不菲。

　　不过，就算久间愿意在仓泽创作时去画室，也会让仓泽感到为难。不只是被人看着作画不舒服，在这一点上，因为他们是在一个家里起卧的朋友，自然和别人不同。不是这个原因，而是因为假如久间去看仓泽作画，那仓泽也一定会在久间工作时来看久间作画。仓泽如果不这么做，就等于无视久间的工作。为了让久间有对等意识，仓泽一定会来。久间因为不想被仓泽看到自己画画，所以从没去过仓泽工作时的画室。这样一来，仓泽就可以免于旁观久间创作的"对等"义务。

　　仓泽费尽心思不触发久间的自卑。而久间也在回应他的努力。

　　有画商、美术杂志的编辑或者报社负责美术版块的记者来访时，仓泽会把久间一起叫到二楼。他希望久间和他们一起谈笑风生，好让画商和记者都认可久间的存在。

　　仓泽在久间面前没有明说，但似乎他求过画商能不能也要一两幅久间的画。画商说要是能拿到先生您的画作，那我们也可以要久间先生的画。久间如此猜想，是因为久间被画商买去两幅 30

号①的作品时，也买走了一幅仓泽的 10 号作品。

久间和仓泽都喜欢啤酒，他们同画商、记者一起喝酒时一定是喝啤酒。如果客人多，仓泽就干脆把装着一打啤酒的木箱直接放在榻榻米上。仓泽有了些许醉意时常会这样举止张扬。

有一次，一位美术杂志的记者为了给大家助兴，表演了不用开瓶器徒手开啤酒。当时只见他将两瓶啤酒的瓶口夹在食指和中指间，瓶盖的锯齿相互咬合，然后用力把瓶子砸到榻榻米或桌子上。两个瓶盖瞬间飞了出去，啤酒则如喷泉一般冲上了天花板。

在场的人都觉得有趣，争相模仿，但谁都没成功。

"好，让我试试。"久间也把两瓶啤酒夹在了指间。

"久间先生，弄不好会伤到手指的。"那位记者提醒他。

久间把指间互相扣住的啤酒瓶用尽全力砸到榻榻米上。液体喷涌而出，但没有冲到天花板而是如洪水般流到了榻榻米上。而久间沾满泡沫的手指也流了血。瓶口破了，锋利处割伤了他的手指。

大家登时乱作一团，仓泽叫人到楼下去喊久间的妻子定子。定子跑上楼后，撕下一块围裙包住久间的手指，但手指立刻就被血液洇得通红。仓泽站忙起身，转来转去在壁橱里找布条。

久间说了句"什么啊，又不是什么大事"，坚持要继续坐着。

---

① 日本绘画作品的尺寸以"号"计，从 0 号可至 500 号，30 号作品长为 910cm，10 号作品长为 53cm，而宽度则因人物、风景等题材各不相同。

大家都劝他，后来还是定子半扶半抱带他下了楼。

"夫人，伤口要是深就麻烦了，叫医生来吧。"

仓泽冲在场的记者急切地说着常去的医生的电话。"右手手指受伤，对画家来说很糟糕吧。"久间记得听到谁轻声说了这么一句。

久间回到他和定子的房间，摊开腿坐下。在医生到来之前，定子在包扎的布上不知道又厚厚地缠了多少层。看着血由内而外渗出，血斑一点点变大，久间心里舒服极了。即使过了一会儿久间就开始感觉到疼，但那疼痛也让他畅快淋漓。

"你为什么要乱来？"定子泫然欲泣。久间知道定子早已看透了自己的心思。

——久间把两瓶啤酒夹在指间举起时，感觉身体里有一股强烈的愤怒如发动机轰鸣般奔涌着。那愤怒不只是冲着仓泽的，也不只是冲着自己，冲着眼前坐着的这些画商经理、美术杂志社的记者以及遥远的世人，而是冲着将这些全部搅在一起的莫名其妙的对象。

当手指出血大家乱作一团的时候，久间像是惭愧于表演失败一般，露出了老实人的假笑。然而，裹挟着窝囊、腐烂、污浊、怯懦的血液仿佛也都从他的身体里喷涌而出，使他感到一种又痛又痒的快感。

当时，仓泽看着久间的眼神有了微妙的变化。虽然只是一瞬间，但仓泽眉间微蹙，眼睛聚拢，目光犀利地注视着他。久间感觉自己仿佛被仓泽窥探到了心底，不觉一惊。仓泽在那之后慌乱地喊医生、医生，也是为了掩饰自己，他不想被久间发现自己从久间的行为中觉察到了什么，才快速对记者说着医生的电话号码。

在楼下定子轻声说："咱们还是尽早从仓泽家搬出去吧，好不好？"

久间把脸扭向一边，问："为什么？"

"倒也没有为什么，可是……"定子似乎还想继续说什么，看丈夫一脸愠怒便不再言语。

"我怎么能不顾仓泽的友情搬出去呢。"久间虽然嘴上表示了反对，但他心里知道定子是不忍心看他在仓泽家住得这么痛苦。不只久间痛苦，而且她自己也很痛苦。因为明白这些，所以久间的语气缓和了一些。

"如果能找到马上就能搬的房子也行……"

"公寓不也可以嘛？"

"什么？我可是画画的。我怎么能住进那种又没有画室，黑乎乎的像是猴笼子一样的地方呢？"久间再次斥责定子。

——还发生过这些事啊。

久间再次端起酒杯送到嘴边，他看着院子里的石头和树枝都已经融入夜色，但仓泽夫妇还没回来。是在玄关聊天意外拖久了吧。反正肯定是画商来求画了。而画商不停地低头请求仓泽的模样，仿佛就在他的眼前。

搬出仓泽家三年后，定子就去世了。自那之后到和现在的牧子在一起前，久间过了两年独居的生活。

久间到现在依然记得，第一次表演徒手开啤酒割伤手指时，有谁说过，割伤了右手手指对画家来说很糟糕吧。

久间认为，自己在那个时候就已经放弃了画画。他对定子说，怎么能不顾仓泽的友情从这个家搬出去，那当然是虚张声势。说公寓没有画室也是逞威风而已。那时他还有一丝执念，感觉搬出仓泽家便是一败涂地。

不过，在仓泽家那段时间，久间只有啤酒的助兴表演越来越好。和仓泽去酒馆，久间也会兴致勃勃地让瓶盖高高地飞上天花板。这都是为了抹去第一次手指流血时仓泽的那个眼神。

半年后，精疲力竭的久间夫妇于秋末搬出了仓泽家，他乖乖地搬进了定子提议的公寓。这个公寓只有一面有窗，房子里黑乎乎的像是猴子的笼舍。

3

久间有两三年一直靠画画勉力维持生计。他只画写实画，因为若非如此他的画就卖不出去。他原本就认为自己更适合写实，无论静物还是风景他都能像照片一样再现。他甚至彻底抛开了在艺术创作层面的追求，而越来越擅长这些实用的技巧。

久间远远地看过仓泽后来的作品，但发现以前被认为是他致命弱点的地方，不知何时已被仓泽克服。久间再次惊叹于仓泽的才华，觉得自己输给他也是理所当然的。要是没在仓泽家一起住过，这败北也许会来得再迟些，或者幸运的救赎以其他形式出现也未可知。不过，一举被击溃也让他感到痛快淋漓。

久间自此放弃了逐鹿画坛的一切野心，这回能够虚心地进出仓泽家了。他感到轻松愉快，没有任何芥蒂，也没有任何拘泥。仓泽也欢迎他。但是，在仓泽家遇到画商还是会感到不快。仓泽对此心领神会，久间一来，尽量不提画坛的事，而且特意带他去不会遇到画商的房间。

久间以前曾自己到处卖画，勉力维生，五年前和现在的妻子牧子成家后，大概过了一年才转向创作肖像画。创作肖像画的报酬要高出许多，而且是直接为订画的人或者其家人作画，画作不会卖不出去，只是要想拿到肖像画的订单却颇费辛劳。

久间用自己学到的写实技巧为别人画肖像画。无须去对方那里支起画板，只需要来一张照片照着画就行。他给照片上的人物稍微画得年轻些，粗鄙的面孔画得庄重些，丑的地方修饰得漂亮些，再有，将随意的装束改作礼服，他对此越来越得心应手。

这些订单，中间有类似中间商的推销员，久间从他们手里拿活儿，不过推销员的提成比久间的润笔还要高。推销员自有道理，他们声称寻找想画肖像画的人辛苦非常，得到对方的允诺前自己不知道要掏多少腰包，花费多少时间。中间商说："先生您要是不满意，可以亲自去试试，就会明白我们有多辛苦。"那话里带着嘲讽，似乎说不靠我们你就一个活儿都没有。

虽然心有不甘，但这是事实。久间终归不能自己东奔西走去找人画肖像。

久间有几次也曾想过，比起靠这些中间商，或许他可以求仓泽帮帮忙。仓泽有一流画商跟着，凭这些画商的人脉一定能给他介绍些画肖像画的客人。作为回报，只要给画商少许谢礼即可。再者，润笔估计也会更高。但是，久间觉得就算再难，也不能对仓泽说这些。现在仓泽依然把久间当作对等的朋友。面对仓泽，他说不出这些卑微的话。

仓泽也从未提过要帮久间介绍的话，他明白久间的心思。

久间五年前和牧子走到了一起。牧子比他小一轮，当然不是初婚。丈夫因病去世后，她转做推销员，卖起了人寿保险。

——远处的房间电视在响。仓泽夫妇终于回到了久间等待的房间。

"实在抱歉。"仓泽在坐下的时候连连道歉。

"来了个很难缠的人，说了这么长时间。……喂，饭菜都凉了。"

久间和仓泽喝着酒，不知不觉过了很久，看下表已经九点多了。

"没想到打扰了这么久。我该告辞了。"久间坐正身体。

"是吗？再多留你恐怕对不住你夫人。"

"哪有，她要到十一点多才回来呢。"久间回答。

"您夫人也很辛苦啊。"道子从旁说道。

"毕竟肖像画的订单不像保险。肖像画要到处追着赶着抓对方，很辛苦。"肖像画、肖像画，在仓泽夫妇面前多少次重复过这个词，久间已经习以为常了。

"就算是中小企业，但社长就是社长。约好了在他们公司见面，等到了一看，人家却外出了。或者赶到他外出的地方拜访，等赶到时人家又换了地方……就连晚上地方也到处换。"

"嗯，是很辛苦。"仓泽随意点了点头。

"不过，她以前卖过保险，所以多少适应一些，总能设法拿回来订单，让我的工作不至于中断。"

道子没说话，也应和着点了下头。

"以前定子可做不了这些啊，都没让她享点儿福就去世了。"

"定子真是可怜啊。"

"就算现在活着，也没办法让她过上好日子。所以先走了说不定反倒是好事。"

"久间先生，您可不能因为现在娶了个年轻漂亮的太太，就这么说啊。"

"牧子也不年轻了。但是，以前卖保险的时候，她就养成了出门一定要打扮得花枝招展的习惯。说不打扮成那样就拿不到订单。她花在衣服上的钱也不少呢。"

"是得打扮漂亮些才行吧。"仓泽说。

久间朝向仓泽："所以我有时跟她说，要不我去客户那里吧。要是订单已经谈妥的话，我去见见也可以吧。但是，她却说不用。说再忙自己也会做好的，让我只管画画就行。"

　　久间说到这里，道子也附和道："是啊，久间先生您最好不要去客户那边。"

　　"为什么？我不能露面吗？"

　　"不是不能。"道子的表情莫名有些慌乱。

　　"我觉得还是全权交给您夫人就好。您夫人也确实是这么打算的。要是客户那边说想见您，那另当别论。"

　　"也许吧。我是想她太忙了，我要是出面，她也能省心些。"

　　久间又看了下表，然后站起了身。

　　"牧子每次听我说去仓泽家都可高兴了。"

　　"您告诉牧子让她下次也来玩啊。"

　　久间去仓泽家会让牧子很高兴，这是事实。

4

　　久间在车站下了车，走到一条漆黑的路上。这里是郊外，站前的商业街八点就关门了。一起下电车的人零零星星地散去。久间家在拐过药房的小巷子里，巷子两边都是一样的房子。他走进巷子里时，听到不远处传来车子停下的声音。

久间在自己家门前站了一会儿，发现从药房拐过来的人正是牧子。夜深时她都坐出租车回来。

"喂。"久间喊她，牧子黑黢黢的身影蓦地站住了。站在自己家门前的显然是她的丈夫，但却似乎被她误以为是什么奇怪的男人。牧子怔怔地立在那儿。

"怎么了？"

"没想到是你，吓了我一跳。"她突然又朝久间走了过来。

"你也才回来啊？"她声音还有些战栗。看样子属实吓得不轻。

"我去仓泽家了。"

"坐电车？"

"嗯。"

牧子在手提包里翻找钥匙："仓泽先生还好吗？"她的声音终于恢复了正常。

"啊，挺好。"

牧子打开格子门先进去了。

这套房子一共有三个房间，分别是三叠、六叠和一间八叠的，八叠大的房间请房东将榻榻米改装成地板，做了工作间。里面有画架、画板和椅子。房子是建好以后打算出售的住宅，因为房东在别处自己盖了房子，所以这套就通过房屋中介租了出去。房子的装修明显很马虎，现在已经到处都出现了问题。

牧子没换衣服，径直去浴室打开了煤气。

"你今天见到客户了？"久间从和室问道。

"嗯。"门的另一边传来了回答，"你要洗澡吗？"

"嗯，洗不洗都行。" 久间这人很懒散。

"那，我先洗了……"

——现在牧子在求一家纤维公司的社长。对方人脉很广，说是能帮忙介绍一些有意画肖像画的人。

要是对方能给介绍两三个客户的话，仓泽就能支撑一段时间，工作也不至于中断。现在画室的画板上是尚未涂颜料的线描，那人是一家小金属公司的社长。虽然拿到了本人的照片，但久间一直没找到画画的灵感。

那是一张圆圆的、扁平的脸。这种脸最难画。如果能见到本人应该会获得一些更为鲜明的印象，但只靠照片则无从捕捉。能否抓住灵感，很大程度上决定了成品的成败。

可是，牧子却拦住久间说最好不要见面。

"他是你讨厌的那种人。见到的话你肯定一脸冷漠，让对方看见，说不定好不容易拿到的订单也会被取消。你这人给人的第一印象总不太好。"

的确，久间是个容易喜怒形于色的人。被牧子这么一说，似乎那位金属公司社长的脸确实变成了让自己讨厌的类型。要是见了面惹对方不高兴，也许人家就会把画的订单取消了。订单的主人大多都很任性。

这要是普通的画，可以再转给别人。但肖像画不行。

即使这样，久间依然觉得自从画肖像画后，自己的耐心好多了。为了满足客户的虚荣心，他一直努力将人物画得高雅、美丽。但就算这样完成的作品，对方一定还会提出三四处让人难以接受的修改要求。

久间只能依赖牧子拿订单的本事，所以她说最好不要见客户，那久间也就只好听从了。实际上，他此前见过的肖像画客户很少。而且，其中几位也确实如牧子所说让人不快。

牧子因为以前做过人寿保险的销售，所以常能拿回来订单。以前通过中间商拿订单的时候，甚至都没有这么多工作。那时就算闲上两个月，也不足为奇。但自从牧子知道中间商提成过高，就说那我试试看吧。就这样，牧子接手了为久间拉订单的工作。

"这和卖人寿保险的秘诀一样。"牧子曾对久间说。

她因为做"销售",穿着也越来越华丽。明明已经是三十二岁的女人,化完妆以后却看起来比实际年纪年轻许多。她还说总穿一样的衣服会让客户觉得寒酸,因此不停做新的。甚至为了拉订单,还要花大价钱去买高级水果或点心做礼物。

确实,打扮得太寒酸容易被人瞧不起,客户也就不会找你订画,即便答应了润笔费也会便宜许多。其他推销员为了商品能卖上好价钱,也都在服装上有所投资,牧子不想让客户把久间和那些廉价的肖像画家混为一谈,因此才打扮得如此光彩照人。她以前做过人寿保险推销员,但品味却好到让久间吃惊,用清新脱俗来形容亦毫不为过。牧子在色彩搭配上曾征求久间的意见,但这基本没有必要。只是,她的妆化得有点儿太浓了。久间指出了这点,但牧子说这是自己在保险公司时的经验,在外面和人见面,不能像普通家庭妇女似的打扮得太土气。久间觉得她说的也不是没有道理,就没再说话。不过不久以后,久间总是会不经意间从牧子身上感受到一种别样的风情,仿佛自己面对的不再是自己的妻子。或许也因为她正值女人的妙龄。不可思议的是,久间平淡已久的性欲也开始变得强烈起来。

"我也不可能总年轻,以后要不要改穿和服呢。不过,和服比套装更费钱……"最近牧子这么说过。

久间暗暗想,和服也许更显风情呢。

牧子从前就总说不想一直这样租房子，想盖栋自己的房子。久间开始时感觉像痴人说梦，但现在觉得工作要是能这样继续下去，说不定五六年后能买栋小房子。

"那种小房子怎么行。我们要盖一栋带正经画室的，房子要盖在安静的郊外，这样你也可以在光线充足而且足够宽敞的画室里工作。"

牧子不懂画也不懂画坛，却深信久间富有才华。她似乎因为久间是仓泽的朋友，所以深信久间有朝一日也能画出好的作品。

久间带牧子去过几次仓泽家。

"有那么棒的画室，仓泽先生当然能画出优秀的作品啊。你要是有那么一间画室肯定也能画出好作品。"

虽然不是很频繁，但牧子每次去仓泽家，希望就会膨胀一点儿。她经历过一次失败的婚姻，还去保险公司做过推销，但性格并没有因此变得畏首畏尾，反而给人一种过分单纯的感觉。

久间曾这样告诉牧子："我早就放弃了一般意义上的绘画。虽然很痛苦，但我已然知道自己没有才能。因此现在才画这种东西，而售卖过肖像画的画家，是不会再有机会得到画坛认可的。很感谢你，不过你还是不要再对我的才华有所期待了。"

但是，牧子却说："不是还有仓泽先生吗？你去求一求仓泽先生，重回画坛也不是不可能的事情。"

"我不想给仓泽添麻烦，虽然我们是老朋友了，但是我一次都没有求过他，也从来没有给他添过麻烦。所以我不可能去求仓泽。在仓泽面前，我已经枯萎了。"

"仓泽先生我去求，关于你的事，他肯定会想办法的。"

久间苦笑："我都这个岁数了。"

"哪有，你不才四十四岁吗？还没到说老的时候呢。"

"是吗。"久间没有再忤逆牧子。

牧子说："你的肖像画不管在哪儿，大家都是交口称赞的。"她深信久间肖像画里那些俗不可耐的技巧即使在画坛也能获得一片赞誉。

牧子洗完澡出来，脸上带着红润的光泽。

"你拿到介绍信了？"

久间看着换上睡衣的牧子，继续刚才的问题。她穿着睡衣的模样在今夜的久间眼里也变得娇艳欲滴起来。

"嗯，终于拿到了两封。"

牧子疲惫地坐着，一动也没动，甚至也并没有伸手去拿装着介绍信的提包。

为他们写介绍信的是铃木先生，也是牧子拿到订单、久间计划下一位要画的人。听说他是一家中等规模纤维公司的社长，在各方面都很吃得开。

"不过，很愁人呢。"

牧子用手拽过榻榻米上放在旁边的报纸，呆呆地看着标题。

"介绍的两位都不在东京，是关西人。毕竟纤维公司多在京都。……我在想怎么办呢。"

"对方不来东京吗？"

"说是偶尔才来东京，但不知道具体什么时候。"

去京都的话怎么都需要住一晚，似乎因此牧子才犹豫不决。

"能不能想办法在他们来东京的时候见上一面呢？"

牧子默不作声。

"去京都的话，坐火车、住旅馆，也要不少花费。要是这部分对方能出，或者酌情增加一些润笔费倒是另当别论。"

"铃木先生说会让对方出这笔钱，不过……"

"是吗？那不挺好嘛。"牧子又不说话了，久间便问："你是不喜欢一个人在京都住一晚吗？"久间以为她犹豫的是这点。

牧子默默点了点头。以前，还从来没有为了拿订单而要在东京以外留宿的情况。

"那就等对方来东京的时候再见好了。"

"可是，又不知道对方什么时候来，就算来了，本人不消说，铃木先生也不知道会不会联系我。"

并非对方主动想请久间画画，是他们在求人家，对方当然不会做到这个地步。

"要是拿着介绍信去京都，我想肯定能拿到订单。"牧子喃喃说道，似乎既对这么做兴味索然，又有一种蠢蠢欲动的冲动。

久间本想说要不然我跟你一起去吧，但转念一想，又把这句话咽了回去。妻子是去工作，自己恬不知耻地跟着会很丢人，估计牧子也会指出这点。况且又不是去游山玩水。

"旅馆找家正规的预约好就行。"

听到久间的话，牧子说道："是啊。"眼睛又落在了报纸上，似乎还没有下定决心。

在久间眼中，此刻穿睡衣的牧子似乎和独自躺在京都旅馆里的牧子重合了。

"好了，睡觉吧。"他故意打个哈欠，然后站起了身。

被窝里，久间想把牧子拉到自己身边，但她却说了声"不要"，然后挪开了身体。"我累了。"她背过身去说。

5

久间这天来到东京市中心买颜料。

他正在画一位名叫官原的金属公司社长，但怎么也画不出来。仅凭一张照片他还是无法抓住灵感。他想让牧子再去要张别的照片来，但对方以近照只有这一张为由婉拒了。有其他照片做个比较总归好一些，对久间来说，画主扁平的脸太难画了。假如画完后和本人的期待截然不同，对方一定不愿意收下。是自己好说歹说求人家画的，对方也想尽可能少出些钱。因为这次画的是油彩肖像画，久间的润笔费甚至接近了画坛小有名气的画家。

久间挑选着颜料，这些事又浮现在脑海，他突然想到，都来到这儿了，顺便去对方公司拜访一下也无妨吧。那家公司并不远。聊个五分钟十分钟就行。是否亲眼见过本人，在自信上可是有着天壤之别。

久间想起牧子给他看过的名片上写着这家金属公司所在的街道名，于是出了画材店信步而行。去国电车站要经过一条斜向的小路。那边是不太引人注目的后道，藏着很多高级店铺。

正行间，久间蓦然看到在一家餐馆和洋装店中间有个很小的店面，橱窗里装饰着三幅画。久间惊讶于这种地方竟然有画廊，于是走近橱窗细看了一番。当作招牌摆出来的三幅画，一望即知是某位著名画家的作品。他思忖这么小一家店，竟然能拿到这么好的画，也许是从别处借来装饰店面的。

久间眼睛贴近玻璃往里看。店铺正面是门，从橱窗能把店内两侧看得清清楚楚，墙上中坚辈画家的画作夹在一群无名画家之间。

久间不期在此遇到一家如此令他意外的画廊，就又站着看了一会儿，这时店内左边忽然走出一位三十二三岁的女人。那女人长脸，身着一套看起来分外合身的盐泽飞白花纹和服，系着黑色腰带。就良家女子来说，给人一种太过附庸风雅的感觉。

他心想这可能是老板太太，女人似乎也注意到了路上正透过橱窗往店内看的久间，并从里面打量起他。但因为光线的原因，女人大概无法看得真切。不过对久间来说，女人的五官却看得分明。她的发髻看似随意挽起，但应该每天都有美发师在帮她打理。

橱窗被自己的呼吸蒙上了一层雾气，久间连店名都没看清就匆匆走开了。和一个陌生女人四目相对难免有些尴尬，但在他的印象里，以前这里确实没有这家店。听说最近到处都在开画廊，那家也许是其中之一吧。不过一家如此小的店，竟然汇聚了那么多画家的作品。店主说不定以前是哪家大画廊的经理，凭借自己的人脉收集来的。如果确实如此，十年来时常出入仓泽家的画廊经理们也可能会在这里出现。久间和他们都很熟，也一起喝过酒，但现在，他可不想在这里碰上他们。至于那家店主，或许还知道自己十年前的开啤酒表演呢。

久间坐了两站电车后便下了车，下车后是一条很宽的坡路。拐过一家大教堂就是那家公司，在车站他已经打听过了。那家公司是一栋五层高的旧楼，坐落于面朝小巷的路上。久间抱着一包颜料，在大楼前徘徊片刻后方才进去。

前台的女孩接过名片时以一种怪异的目光打量着久间。久间的长发遮住了半个耳朵，对这种金属公司来说，这样的访客大概有些与众不同。

过了很久姑娘才回来。久间被请进狭小、简陋的会客室后，又等了更久。久间猜想，大概是社长正忙或者正在接待其他访客。

后来打开门进来一位三十五六岁、绛紫色面孔的男子，当然不是社长，估计是什么总务科的吧，反正像是秘书。

久间立刻同男子点头致意，可他并未做出回应，而是开门见山地问道："听说您要见社长，有什么事吗？"他一脸严肃地看着久间，甚至连自报家门都没有。在他的指尖，夹着久间的名片。

"我是此次为社长画肖像画的画家，想见见社长。"

男人瞪大了眼睛，直勾勾地看着他，急不可耐地说："所以我问你有什么事？"

"我想看一眼社长的容貌，然后再画。"

久间猜想这位职员可能对他有什么误会。

"这位和您是什么关系？"男子突然从口袋里掏出一张小巧的名片。是牧子的。

"啊，这是我内人。"

"您夫人？"男子把久间的名片和牧子的名片摆到一起看了下，"原来如此，住址也一样呢……是您夫人啊。"男子像是要确认什么似的说道，嘴角同时泛起一丝笑意。

久间心想这个男人说话真奇怪，不过老婆来拿订单，画家老公过后来相面，人家或许也觉得匪夷所思吧。也许因为牧子事先没说。因此久间说道："要是能见到社长，亲眼看过本人的容貌，会画得更好。"

"但是，这位，"男子手指按着牧子的名片上方，责问道，"说只要有一张照片就行。"

"确实是这样，不过我觉得不光是照片，若是能见到本人更能抓住感觉。照片有时还是和本人给人的印象不一样。"

"啊，是这样啊。我知道了。"职员瞪着久间，"这是社长让我转告你的，明天下午五点半，请您夫人给社长打个电话。"他轻轻甩着牧子的名片说完，先从椅子上起了身。

那天晚上不到十点牧子就回来了。久间告诉她自己去了宫原金属总公司想要和他见上一面，牧子一听蓦地沉默了下来。

"我去买颜料顺便去了一趟。因为光凭那张照片实在无从下笔，我想见过本人或许就能抓住些感觉。但没有见到。"

牧子的眼神像是在责备他，所以久间不禁说了这番话作借口。

"今后请你不要再直接去对方那里。"久间有些意外，牧子的态度很强硬。

"我是想尽可能不去，但这次情况有些特殊。"

"那在公司你什么人都没见到吗？"

"见到了一位职员，也不知道是谁，只说社长正忙见不了我。……啊，对了，我忘了，那人说明天下午五点半，让你给社长打个电话。"

牧子猛然起身去了厨房。

6

第二天，牧子八点就回了家。回到家后，她立刻换下衣服。

从她的侧脸，久间看出了满满的不快。

"你给官原社长打电话了？"久间问。他觉得不确认下自己捎口信的结果，似乎对不住对方，而且人家还是客户。

"嗯。"牧子的情绪有些低落。

牧子有时候总会闷闷不乐，沉默着也不说话。久间以为在外面到处东奔西走的女人常会这样，反而很同情她。

"电话里说什么了？"久间讨好地问。

"没什么。"牧子小声说。

"是吗？那就好。我以为我不该多此一举，让官原先生不高兴了。"

"老公，"牧子声音突然变尖锐了，"请你今后不要再不和我商量就跑去客户那儿。"她似乎自己也发现了，于是语调柔和了些，"我是推销员啊，跟客户会用各种各样的方式夸赞你，甚至告诉他们你是个了不起的画家。可你却满不在乎地跑过去，你这样会让我很为难的。"

"这样啊，原来是有推销战术的。好好，今后我哪儿也不去了。但是，只有这次因为实在有些特殊的原因。"

"我知道。"牧子沉默了一会儿说，"我以前推销过保险，所以那时的习惯怎么也改不掉。"

"推销保险必须恭维对方，甚至把保险说得尽善尽美。我刚开始也吃了很多苦，之后才学会了前辈们教我的窍门。公司里贴着张大表，每个人的签约额一目了然，当月每位推销员的成绩也一看就知道。"

"你的成绩在里面排倒数吧？"久间调侃道。

"才不是呢。我很拼，还拿过奖金呢。"牧子聊了会儿这些事，似乎自己觉得无趣。神色又黯淡起来。

看她不太高兴，久间起身说："我要不要明天开始画官原社长呢。"他走去工作间看着画架上的画板。旁边是官原那张扁平的面部照片，无论如何绞尽脑汁，这种长相都很难捕捉到特征。

第二天早晨，牧子早早就出了门。久间很晚才起床，原打算从中午开始画一点儿，结果却发现原先放在画架旁的官原照片不见了。四周都找过了，还是没有。虽然觉得不可能被风吹到外面，久间还是去门外找了找，可是也没找到。

照片昨晚还在，因此久间心想也许是牧子收起来了。不过，牧子什么都没说就出了门，也实在有些奇怪。

晚上七点，牧子回来的时候仍是一脸倦意。

"喂，你看见照片了吗？"久间马上问她。

"今天早晨我拿去还给对方了。"牧子面无表情地回答。

"还了？"

"老公，宫原先生说不用了。"牧子看了他一眼说。

"不用了……意思是不用画了吗？"

牧子点点头。

"真奇怪。是我贸然去他们公司拜访让他不高兴了？"

"不知道为什么，不过他说话很不好听，所以我先拒绝了。"

"他说什么了？是昨天傍晚，你给宫原先生打电话的时候吗？"

"宫原先生觉得你和他想的不一样，是个穷酸画家。好像是和你见面的部下这么汇报的。所以已经谈好的价格让我给他降一半。我说那样我们就不画了，所以今早去还了照片。……昨晚没告诉你，实在对不起。"

久间终于明白了牧子昨晚为何闷闷不乐。

"嗯，你不用那么生气。其实我这样更好，也不用画那么难画的画了。再说要是画完再被退回来反而更糟。……至少工作目前还不会中断，这样不是挺好的嘛。"久间安慰牧子。

这件事过去五六天后。

久间又去仓泽家拜访。他正想从小路拐去常走的侧门，却碰巧遇上一位身穿和服的女人从仓泽家大门出来。久间有些吃惊地看着削肩、苗条的女人向反方向走去。女人的发型让他忽然想起来，那正是几天前他上街去买颜料时在那家小画廊里看到的女人。女人黑色和服上飞白花纹的图案，以及腰带上油彩画的大蓟花，他都有印象。

久间心想，仓泽现在都被这样的画商上门求画了吗？等他被带到常去的房间后，他忍不住问仓泽。

"你也知道她啊？是位大美人吧。"仓泽笑道。

"是哪家画廊的老板娘吗？"

"不，她是女老板。"

"真想不到。我在那家店前瞥见她的时候，还以为是老板娘呢。所以，今天在大门前看到，以为是老板派她来求画。"

"她就是老板。今天是第六次、第七次来了吧。"

这时道子也进来了。她似乎听到了他们聊的最后几句，于是坐下来笑道："听说最近有很多美女都做起了画商。"

"是吗？"

"你看，那么美的人是吧？就算再难取悦的先生们，去多了，也会情不自禁地给幅小品吧。"

　　久间想起来，那间狭小画廊的橱窗里挂着三幅著名中坚画家的画。

　　"那种婀娜的美人一去，画家们的心也会心旌摇曳啊。"

　　"任谁都不会感觉不快。……是吧，老公？"道子笑着看着仓泽的脸说道。

　　"嗯，差不多吧。"仓泽眯着眼睛苦笑，"不过太卖弄风情了。总让人感觉有点怪怪的。"

　　"仓泽也是，就快被迷住了。"道子的眼角依然含笑。

　　"稍微碰一下就会堕入情网？"久间问仓泽。

　　"是有这种感觉啊。"

　　"不巧我在家，仓泽正觉得惋惜呢。"道子对久间说，"那个女人很难缠，还总是过来。一般对于没有来往的画商，画家是不会给他们作画的。画商也明白，所以从一开始就不会上门。可那种美人却信心十足，甚至径自上门求画。她们也是因此才成功的吧。"

　　"我碰巧看到那女人的店里摆着几幅中坚辈画家的画。"

　　"是吧？都是用美人计求来的。也许为了求画，还会和画家共枕一晚呢。此外，我也听说过一些和那位美女画商类似的事。用女人的美色进行推销……"

"别说了。"仓泽声音低沉却强硬地说道。

道子一惊，脸上方才的笑容瞬间没了踪影。

"是啊……"她明显想换个话题但一时又不知说些什么，因此露出几分慌乱。

"有时候你……"仓泽不住地看着久间的脸色，唐突地聊起和他压根无关的话题。

久间若无其事地从仓泽家出来后，心里有些郁闷。他自然而然地想起了牧子。仓泽劝的威士忌他喝了不少杯，但女画商的话题说到一半，久间就发现有些东西堵在了他的胸口。

在道子说到女画商用美色接近画家，看需要可能还会同眠共枕的时候，道子被仓泽拦住，急着要换个话题，而仓泽也突然说起了风马牛不相及的事。

那是什么意思呢？因为聊女画商的时候仓泽夫妇大概想起牧子了吧。是因为女画商和牧子有相似之处吧。女画商希望从有利可图的画家那里要到画，而面对客人，她有时候也一定会使用相同的手段吧。

女画商到处去卖画，这点牧子也一样。不，牧子甚至是专门以此为业，靠一封封介绍信寻找订购肖像画的客人。因为比普通的画特殊许多，所以这项工作很难。去十家介绍的客人那里，能谈成一家就算好的了。以前做中间商的男人这么说过，因此他要求的高提成也合情合理。

比起那位已经做得得心应手的中间商，牧子拿回来的订单更多。久间开始一心以为是因为她有推销保险的经验。但是，仅此而已吗？此刻久间的面前如同出现了一堵漆黑且厚重的墙壁，他注视着这堵墙继续走着。

久间想起来，之前有一次牧子晚上十一点才回家。他当时正从仓泽家回来，恰巧听到附近出租车停下的声音。因为猜想可能是牧子，就站着等了一会儿。他后来向走来的牧子打招呼，牧子当时就怔住了。久间一直以为她是误把自己当作其他男人了，但是她的反应明显过于反常。牧子把钥匙插到锁眼里时说了什么，那声音微微颤抖。牧子是在害怕什么呢？说来，也正是那天晚上，牧子从叫一名叫铃木的纤维商那里拿到了介绍信。

牧子当时听到有人叫她便停住了脚步，是不是因为在那之前发生了什么？牧子是不是感觉一个小时前自己仿佛就被人一直盯上了？不，更现实一些说，听到停在家附近的车声，久间一心以为牧子是乘出租车回来的，但是他从来没想过，或许是铃木的车送她回来的呢？还有，当时牧子问他是不是坐电车回来的。如果自己是从车站走回来的，那自然和牧子回来的路线不同。牧子这么问，难道是想知道自己坐在车上有没有被他看到吗？

久间由此想到的事情还有很多。那天晚上，牧子连衣服都没换，就径直去浴室打开煤气烧洗澡水，慌慌张张地就像是在躲着自己。她还特地问了下自己洗不洗澡，听他说不洗后，暗自庆幸般的一个人去洗了。平时她对因为懒散不爱洗澡的丈夫，总是唠唠叨叨催着他去洗。而且，那天晚上久间想要抱她，也被她给拒绝了。

如果仔细想一下，这种事似乎并不罕见。

此类的怪事还有很多。之前，当知道他突然去拜访官原社长时，牧子的脸色骇人。牧子甚至严厉地质问他为什么这么做，并叮嘱他以后不要不和自己商量就擅自去客户那里。

久间想起他去官原公司拜访的情景。当时那位官原社长的代理把自己和牧子的名片摆在一起，问自己是牧子的什么人。牧子似乎并没有对客户说自己有老公。所以，当看到两张名片的住址相同时，那位社员才会嘲讽道："原来如此，你们是夫妇啊。"那态度像是在说，老公跑来恐吓啦。那应该也正是官原社长的想法。

或许是为了说这番话，官原才让牧子第二天傍晚给他打电话。那天晚上，牧子回到家是八点左右。那中间的一两个小时她一定是和官原在一起。而在第二天，牧子就把官原的照片还了回去。

久间从仓泽那里听到女画商的做法时，很难不联想到牧子。久间以前对牧子充满敬佩，那么难的肖像画订单她竟然都能经常拿回来，但是久间万万没想到，其中的秘诀却是道子说的"美人计"。当道子说女画商为了求画甚至会和画家共枕一晚时，仓泽为什么要打断妻子呢？是不是仓泽夫妇隐约知道些关于牧子的事情呢？久间还记得之前有一晚，他说牧子那么忙，自己或许可以去客户那边帮她做些什么，但仓泽夫妇强烈制止了他，并告诫他最好不要露面。看来仓泽夫妇都知道。

可是仓泽夫妇每日在家，不可能知道这些，他们也许是听到了进出仓泽家的画商们的风言风语吧。若是那样的话，那牧子的事大概已经传开了。仓泽夫妇因为不便对他开口，所以没说。仓泽和道子都知道他深爱着牧子。

——久间一件一件地思考着这些事，简直就像在对照账本上的一串串数字。

牧子从外面回来以后情绪经常起伏不定。有时莫名其妙地消沉，不太说话，对久间也很冷淡。久间以为她是太疲惫了。那种时候，牧子通常都不让丈夫靠近。睡觉时她会背对久间，把身体蜷成一团。

久间是很容易被激起欲望的人。牧子对此也习惯了，甚至自己也渐渐陶醉其中。对于这种变化，牧子有时候也觉得不可思议。要知道在她之前短暂的婚姻里，这是从来没有出现过的情况。大约是牧子恰好到这个年龄了吧，而久间也因为和年轻的牧子在一起，整个人变得年轻了。在他们在一起后，牧子甚至连他的粗暴都接纳了。

所以，牧子拒绝他绝不是因为当时没有心情，一定有其他理由。而牧子的疲惫也一定另有原因。或者，她是因为负罪感才拒绝他。

"我已经不再年轻了，今后要不要穿和服呢。"牧子说。她总是花时间考虑各种着装。女画商大多也穿和服。这难道是因为年近中年的女人试图借和服展现自己的妩媚，然后去勾引中年或者刚步入老年的男人吗？订肖像画的那些家伙，很多都是事业有成的中小企业家。大型企业的工薪族社长不订这种东西，也不能订。而中小企业的成功者则对名誉越来越渴望，同样对女人也是。

久间感觉，那堵漆黑厚重的墙壁渐渐变薄了，变透明了。

7

尽管心中疑窦丛生，久间却没有对牧子表示自己的怀疑，似乎也没有深究的打算。他只是静观着家中的情形。

牧子的妆化得更浓了，打扮得也更加光鲜亮丽，让人根本想不到她住在这种破房子里，而会让人误以为她是个富裕阶层的女人。而且，就连久间也能感觉到她身上越来越妩媚的气质。

她很多时候回家都很晚。话虽如此，但客户也未必按照约定等她来，见面的地点也总是变来变去。约好了在总公司见面，可等牧子到了地方却发现对方去了分店，或者去其他地方出差了。赶上客户开一场四五个小时的会议，让她在前台椅子上一直静候的情况也不少。不仅是拿订单，就连拿封介绍信也往往费时费力。于久间的工作而言，介绍信很宝贵，没有介绍信就失去了拓展业务的凭依。牧子每日回到家精疲力尽也并非没有原因，而她莫名其妙的不快都是因为这些，他以前是这么认为的。

但是，自从发觉那件事之后，他推翻了自己以前所有的观点，并将自己现在的观察也嵌了进去。久间并未发现牧子的表现有什么例外，不过牧子也没有发现久间在暗中观察她。牧子只是知道久间的情欲变得更强烈了，有时甚至会对她很粗鲁。

久间平日压抑着不让自己的嫉妒表现出来，等到了晚上，则想方设法"虐待"牧子。他害怕自己不小心说出什么，从而导致牧子和他分手。一方面，他试着把那些怀疑仅仅当作自己的空想，尽可能不去予以确认。其实要想知道她的行踪，他大可尾随其后，如果有困难，请个专业人士马上也能真相大白。但是久间却希望隐瞒此事。可另一方面，他又想隐约确认一下。他并不能完全做到若无其事。他想再知道一点点。

"铃木先生给介绍京都客户的事，怎么样了？"久间有一天问牧子。

"啊，那件事。"牧子兴味索然般脱着最近开始穿的和服，"去京都太麻烦了，我在想怎么办呢。"她解着腰带，把解开的绳带扔到榻榻米上。

"还是不知道对方什么时候来东京吗？"

"是啊，不知道……"

牧子连同长内衬与和服一起扔到了榻榻米上，风打到了久间的脸。牧子身上只剩下贴身的内衣和内裙，去壁橱取平日穿的衣服。她在久间面前历来并无顾忌。久间突然起身，从后面抱住了她。牧子贴身内衣两侧这时忽然错开了，她的脖子、肩膀，还有后背白皙的肌肤都一下子完全露了出来。隐约带着汗味。

"干什么啊？"

牧子想把内衣领子拉上去，但是久间没有松手。脖子下面和肩膀都没有异样，只有洁白的肌肤如凝脂般闪着淡淡的光泽。对已经去世的定子，久间从来不曾有过这样的冲动。

久间的这些变化似乎让牧子觉察到了什么。她像是在提防他，最近回来得格外早。久间知道牧子也在对自己察言观色。

牧子拉到的订单数急剧下降。久间一面疑心牧子果然只有在晚上才能拿到订单，一面又试图用"客户白天有自己的事情，所以很多晚上才能见到"来说服自己。他也知道这份工作比卖保险还难，需要锲而不舍的毅力。但是，久间也发现，牧子拉来的十个订单里至少有三四个可疑的。而其中最可疑的，要数那些自己订完肖像画，还大方地帮忙写介绍信的客人。

久间曾思考过事情到底是如何发展到今天这一步的。

面对这位正值妙龄、打扮得漂亮妩媚的肖像画推销员，客户们兴致盎然。他们自然明白没有那么多人要画肖像画。一是润笔不菲，再说也不是非要不可的东西。因此，他们面对牧子的推销时不会马上答应，而会对她暧昧地微笑，让她一点点心焦，慢慢地向自己靠近。他们知道在答应与否之前,这个女人绝对不会逃走。

　　一开始,牧子可能会去他们的公司或者家里拜访。但等对方有了坏心思后,接下来可能会把见面地点定在酒店大堂、咖啡店,或者餐厅。对于见面地点,客户有充分的决定权。比如一个正和人喝酒的客户忽然联系牧子说,你来饭店吧,或者来我住的旅馆吧,我只有这个时间才有空。或者他们家人不在的时候,还会要求牧子去他们家里。不管怎样,牧子都必须遵从对方的决定。如果牧子不同意,也就等于放弃了快到手的订单。

　　牧子本以为自己可以利用这种诱惑。所以最开始接触时,为了魅惑对方才又化妆又打扮,极力展现自己的妖媚,并用甜美的声音恭维对方,而对于客户抛来的似有意味的暗示也一一回应。以肖像画为媒介,刚刚步入老年的男人或者中年男性和三十岁的女人展开了各种较量。但是后来,被逼到进退维谷的却是女人吧。巧妙的借口和托词都已用尽,所有的退路都被封死。最后,只能在要订单还是放弃中做一艰难的抉择。

　　——牧子回家的时间又越来越晚。面对久间,她也开始找越来越多的借口。

　　久间装作对一切一无所知,只顾一心画画。他画得飞快。反正也是商品,花多了时间根本就是浪费。尽管如此,他的画画水平却越来越高了,精湛的技巧也越发纯熟。那是属于职业肖像画家的技术。他们不需要在画板上细致地描绘草图,画出来的画和照片上的脸也越来越像。无论是伦勃朗流还是戈雅风,他现在都得心应手。

　　面对牧子不同的晚归借口，久间一直压抑着自己身体里沸腾的血液。画画时听着她的声音，久间感觉手中的笔似乎自己在动。他压抑着自己的感情，而那压抑的痛苦似乎又掺杂着几分愉悦。其他时候久间都一动不动，默然静处。他自己也觉得，这和囚犯挨近监狱窗边静坐在冬日的阳光里，将痛苦沉潜在身体中细细玩味很相近。

　　"钱攒下好多了。"一天，牧子忽然说。

　　"是吗？"

　　"不过还不够盖个带画室的房子。要是郊外便宜点的地皮，也许能买块 100 坪的。"牧子声音明快地继续说道，"这都是你画画挣的。真的谢谢你。"牧子的话语间饱含深情，不像是在说谎。久间认为除去客户的事情外，牧子对自己说的都是事实。

　　"那先买块地也行吧？"

　　"不行，我要买地时把房子一起盖起来。要让你尽早有个宽敞的画室。然后，你就可以画更好的画。你只要想就能追上仓泽先生，是吧？"

　　牧子依然相信这点。无论久间说多少遍她似乎都无法理解。曾经和仓泽一起在画坛崭露头角，现在依然和仓泽交好，这些就是牧子评价他的基准。她相信如果不是在这么小的租来的房子里，而像仓泽一样有间气派画室的话，久间也能够奋起出人头地。败北画家的颓废她并不明白，而且跟她解释也没有用，所以久间蓦然想起来，问了另一件事。

"之前你说去京都，那件事怎么样了？"

牧子装作若无其事地瞥了一眼久间说道："我也在想怎么办呢。要是去一定能开拓关西那边的市场。而且据说那边的润笔费比东京还贵呢。"

"是谁这么说的？"

"铃木先生，是他帮我介绍的。"

"那你就去吧。你不是说现在盖房子的钱还没攒出来嘛。你去京都也能快点儿攒够钱吧。"

"我本来没什么兴致去京都，还在犹豫。不过既然你这么说的话，那我就认真地考虑一下吧。至多也就在那边住两三晚而已，关西有很多个体经营的公司，肯定会有人订画的。"久间的话似乎让牧子下定了决心。

"酒店预约好了再去吧。"

"不用订酒店，那么贵。订个便宜的旅馆就行。"

"说到铃木先生，我还没开始画呢，他好像对我很有好感啊。"他故意没说是对牧子。牧子复杂的眼神再次划过久间的脸，说：

"铃木先生说非常喜欢你的画，对你赞不绝口。看了样画很钦佩……"

这时久间突然有了一个想法。

"铃木先生的画我得快点儿画了。前面那幅耽搁了些。"

"快画吧。"

"啊，牧子。我想见一见铃木先生。"牧子的脸上闪过一缕狼狈。像是探寻他真实用意般看着他，怯怯地问："为什么？"

"嗯，铃木先生的肤色我怎么都想不好。你大概跟我讲过，不过既然对我这么有好感，我想给他画得更接近本人的肤色，也想和他道声谢。要是可以，到时候能给他画张素描就更好了。"

"铃木先生是个大忙人，不知道有没有时间呢？"牧子歪着头，可以看出来是不想让他们见面。

"要是太忙那就没办法，不过你能不能打个电话问一下。而且，他对我的画那么夸赞，我怎么着也得道个谢。之前宫原先生的时候没和你商量被你训了，这次我可和你商量了。帮我问下吧。"

8

——画架旁的桌子上摆着一张照片和一张素描。素描是久间用铅笔在画册上精心画下的。

男人顶部的头发稀疏，而宽阔的额头已经完全秃了。浓眉略微下垂，眉端掺杂着三四根容易让人联想到长寿的白色的长眉毛，仿佛新买的毛笔一样混在黑色中。圆鼓鼓的脸颊在胖鼻子两侧深陷的皱纹上方隆起。嘴唇薄薄的，下唇微突。而下颚扁平，再下面咽喉始于又深又黑的凹陷处，周围皮肤松弛，有好几条皱纹。不过，只有凸起的喉头仿佛河流中的岩石般拒绝着周围的皱纹。同这老态的皮肤截然分开的是男人白色的衣领，衣领下面笔直地垂着一条洗练精美的领带，领带夹上则镶着一颗硕大的钻石。

身材敦实，脖子短粗，脸上的光泽像熟透的柿子一般油亮亮的。这就是现实中纤维公司的铃木社长留给久间的印象，而这脸上的肤色也是久间亲眼看到的。和照片并排摆放的素描就是当时的写生。

牧子昨天出发去了京都，要到明天晚上才能回来。

久间比较着写生簿和照片，眼睛落在一笔未动的画布上。同铃木先生见面时的场景动态地浮现在上面，当时脸部的轮廓尚未画好。

　　牧子转告对方久间想见他，然后意外得到了铃木同意见面的回复。久间永远忘不了牧子告诉他时那似乎终于松了口气却又隐隐不安的表情。

　　久间判断铃木这个人一定性格豪爽，所以才会觉得就算和久间见上一面也无所谓。也许他曾对不安的牧子说，回避不见反而会令人生疑。不愧是凭一己之力就创建了现在公司的男人，不仅遇事不惊，甚至可以说是狡诈多端了。

　　久间去见铃木的时候牧子并没有同行。她对久间解释说已经和其他客户有约在先了。不过久间觉得，她到底是没有勇气坐在自己的丈夫和铃木之间。

　　"你好。"铃木在他公司的社长室向来访的久间露出了笑容。他态度爽朗，对人没有任何隔阂感，言语也很亲切。眼睛小小的，看起来人不错。但是，久间从走进社长室的那一刻起，瞬间就明白了铃木看他时的眼神。那眼神里有好奇和轻蔑，还夹杂着几分畏惧和嫉妒。在同他说话时，久间不时就能捕捉到那眼神里的光。

　　久间打开素描簿，说道："请让我给您画个面部写生吧。"这点牧子先前已经转告过了。"有点儿难为情啊。"铃木说着，在靠窗的椅子上坐下。久间说为了避免画画被打扰，所以暂时麻烦请员工不要进来，他也答应了。

　　久间打开素描簿，手拿铅笔，从正面仔细端详铃木的脸。画家注视着写生对象，他的眼睛在铃木光秃的前额、胖胖的鼻子还有微凸的薄嘴唇上来回逡巡。尤其面对对方的眼睛，他更是投去了肆无忌惮的视线。

铃木似乎不知道眼睛该看向哪里。面对面被人当作写生对象时无论谁都会感到困窘，不过铃木有些不同。他说太难为情，说感觉心慌，眼睛不停转来转去，似乎在回避久间的视线。每一次他的头也总是跟着转动，久间不得不命令道，不要动。那是画家的威严。铃木开始逃避久间的目光。久间则细致地画着素描。只有在他观察对象后笔在纸上飞走时，铃木的眼睛才可以休息一下。但是，久间很快就从画板上抬起头，铃木的眼睛又开始挣扎——这正是久间考虑已久的实验。

久间迄今为止从来没有花这么长时间给人画过写生。但是，比起落在纸上的时间，他的眼睛用来审视写生对象的时间明显更长。久间威慑的眼神如同把铃木的正脸嵌在枷锁中一样让他动弹不得。铃木的额头渗出了汗珠。他已经不再问："还得这样一动不动吗？"他现在表情僵硬，或许就连自己也引以为豪的脸上熟柿子般的红润也因为紧张而褪了色。铃木在迎面而来的复仇的暴力面前，终于动弹不得。

铃木的脸在素描簿上以细密的线条描绘了出来，简直比照片还要栩栩如生。额头、眉毛、眼睛、嘴巴、下巴、耳朵，每个部分的丑陋也都以一种写实的手法被夸大了。在那丑陋里，猎艳般的污秽像是汤上漂着的油脂般发着光。不过，看着素描，久间发现从铅笔线条里浮现出的丑恶却另有一种妖冶的美。也可以说这素描就如同勃鲁盖尔的人物画般，透露着一种扭曲的美。铃木本人在他面前写生时，久间并未发现。久间在画布前闭上眼睛，再次睁眼时他拿起炭笔，线条在画布上一气呵成。画牧子的裸体，他没有丝毫迟滞。熟悉的记忆让模特仿佛正躺在他的眼前。在裸妇上方，久间画下了铃木的脸和身体。只是一瞬间，这幅构图便在他的脑海中闪现了出来。两个人物的某个部分都被丑恶地夸大了。

久间用一种炽热的眼神长时间望着已经完成的素描。复仇的满足感不久在他体内变成了一种奇妙的陶醉蔓延开来。在这里，久间再次做了二十几年前做过的事情。

傍晚，久间跑去了仓泽家。

"喂，喝啤酒吗？"

"啤酒？"仓泽愕然地看着久间。

"你怎么突然想起来了？"

"可能是因为天太热了吧。"

"好呀。"

仓泽起身出去了。大概久间来时神色有些奇怪，所以仓泽和妻子说到了久间的状况。没一会儿，道子就端着一个盛着两瓶啤酒的圆托盘走了出来。

"久间先生难得喝啤酒啊。"道子一边和久间打招呼，一边目不转睛地盯着他的脸。仓泽也一起看着。

"是啊。"

"牧子呢？"道子若无其事地问道。

"她现在在京都。帮我拉订单去了。昨晚去的，计划明天傍晚回来。"

久间的脑海里似乎再次浮现出京都旅馆的某个房间里正在发生的情景。而这情景，久间在其想象中的素描簿上早已画过无数遍。铃木也许随后去京都。或者，由京都的客户代替铃木。

听说牧子会在京都留宿两晚，道子微微垂下头，仓泽也随之移开了视线。久间明白仓泽夫妇在想什么。

道子拿出开瓶器，久间忽然拦住她，说："不用这东西。"

久间把两瓶啤酒拉到手边，夹在指间。

"危险，久间先生。"

"不要紧。"

"可你很久都没做过了。"

"没事，你看着。"

仓泽没说话。久间抓住两个瓶子一起擎起，用力向下撞去。两个瓶盖霎时飞向空中，啤酒则如喷泉般涌向了天花板。

"你看，我很厉害的。不会再流血了。"久间伸开手给道子看，又说了一遍，"不会再流血了。"

久间坐着仓泽为他叫来的出租车回到家时，已经十二点了。他脑海里仍然残留着画板上的素描。牧子计划明天傍晚回来。在那之前，还是给铃木的肖像画涂上底色吧。很快就能完成。没有人知晓，在那色彩丰富的肖像画下藏着当事人丑陋的素描。就连牧子也不知道。

等久间站在家门口时，忽然在格子门前瞪大了眼睛。因为他发现家里竟然亮着灯。而他明明记得在他出门以前，灯明明是关掉的。他试着推了下门，没有开。久间于是拿出钥匙打开了门。

家里明显变得不一样了。他心下一惊，急忙冲进了工作室。那幅丑陋的素描，依然安静地放在画架上。

他环顾四周，发现杂乱的物品已被收拾得干干净净。他知道是牧子，她提前从京都回来了。他再一次仔细环顾房间，发现桌子上还放着银行的存折和印章。这个时候，久间听到了再也不会回到这个家的牧子奔跑一般的脚步声。

过 客

1

夸张一点儿说，妻子和丈夫性格不合自古以来就常被当作小说或者戏剧的主题，而在现实生活中，这种情况有时也会酿成憾事。尽管如此，仅仅因此就造成婚姻失败的例子却也极少。虽然现在身为妻子拥有的权利获得了认可，她们也不必再顾虑周围人的看法或担心受到指责，但只因性格不合就离婚的例子依然罕见。于妻子而言，此类的事大多不值一提，她们多会选择压抑忍耐。在实在忍无可忍之前，她们会尽可能不在外人面前露出破绽，即使面对邻居也总是笑盈盈地。

假如丈夫打压妻子的不满或些微的反抗，妻子或许反而能从中感受到生命的意义。但如果丈夫深爱着妻子且对其宽容有加，面对妻子与自己性格方面的龃龉却没有任何反应，那妻子也只能烦闷度日。这种情况下，就连丈夫的爱意也只会被视作累赘。

为了抵御生活的空虚和内心的焦躁，妻子要么对丈夫百般任性，表现出一般人无法忍耐的歇斯底里，要么顾影自怜，选择沉浸在自己的某一爱好中以寻求一时的避难。我们无法评判哪种更高级，而哪种更低级，但也许可以说两者之间多少有些教养的差别。

波津子的话，大概属于后者吧。她二十二岁结婚，两年后丈夫去世，此后过了几年单身的日子，直至二十八岁那年同牙科医生山根正造再婚。山根当时已经四十三岁，自从三年前失去了第一任妻子后，也一直过着单身的生活。

她第一次是恋爱结婚，第二次则是相亲。波津子初次见到山根时就认定他是个诚实的男人，但自己却无法爱上他。不过，这又不是为了恋爱。在前夫去世后，她觉得自己的爱情随着他一起死掉了。还是在亲戚们的热心撮合下，她才勇敢迈出了相亲这一步。可"后妻"这个名字令人颇为不快，这也让她心中萌生了一种修女意识。原本她是富于浪漫情怀的，她自己也知道，但是嫁给山根以后，她决心在"后妻"的生活里将一切浪漫的梦全部放逐。她其实并没有发现，这种悲壮感其实正来源于她的浪漫主义。

山根正造是位颇有名望的牙医，目前在东京市中心开了家医院。医院共有两位女医生、一位技师、三位护士，生意可谓相当兴隆。但这繁荣全倚赖于山根一人的聪明才智，其中毫无波津子的内助之功。她对丈夫的工作不能说一点儿不帮忙，但也可以说是漠不关心。

虽然波津子态度不佳，山根却从未对其加以指责。他深爱着这位比他小得多的妻子，在生活中也尽力呵护着她，就如同呵护着一个可爱却没有能力的人。而她就像在这桩婚姻中最初感受到的，虽然深信山根是个诚实的丈夫，却无法对他产生深厚的感情。不仅是因为年龄上的差距，他们在性格、爱好、教养、感受力以及对生活的思考方式等方面，全都大相径庭。

　　虽然再婚时就放弃了追寻所谓的爱情，可她还是无法拂去心头的落寞。无法否认这让她心烦意乱。尽管如此，她却没想过无缘无故地顶撞丈夫，或者对丈夫冷言冷语。这和她的教养不符。

　　波津子家境优越，后来毕业于一所著名的女子大学。不过比起学校教育，父母的家教甚至更加严格。从小所受的教育使她深信反抗是一种很不好的行为。这种想法不仅停留在她的大脑里，甚至一直渗透到她的意识深处。当然，这很大程度上也取决于她与生俱来的品性。

　　不过山根可以说是一名无可挑剔的丈夫。要是实在鸡蛋里挑骨头的话，也就是爱喝酒。他没有其他不良的嗜好，更没有背叛过妻子。可这反而让波津子倍感压力。她仿佛一直待在暖气开得太足的房间里，感觉很憋闷。

　　而且她也受不了和丈夫没有共同话题。她那些关于文学的（广义上的）细腻敏感的话题丈夫从来都漠不关心，即便偶尔有所回应，所涉也只是停留在极为肤浅的层面。而丈夫热衷的那些话题呢，既没有情趣，又俗不可耐，别说触碰她的心弦，就连听着都让人怒上心头。如此一来的结果就是，她对丈夫的话除去那些必要的以外尽可能听而不闻，也尽量不说话。

　　即使面对这样的妻子，山根也并没有变得性情暴躁。他依然一如既往地把她视作宝贝，待她宽容，在她身上倾注所有的爱意。

虽然丈夫做这些并非出于忍耐，可她却是在极力忍耐着丈夫。

波津子在读女子大学时就喜欢英国文学，一直到现在都没有改变。而她的前夫也曾有志于做这方面的学者。再婚后她依然保持着这个爱好，她对此虽然也有罪恶感，却始终坚持着没有放弃。于她而言，这是她精神荒漠中唯一的一滴水。英国文学是她和亡夫的共同爱好，而她也受亡夫影响很大，这些她当然都告诉了山根。山根对此表示谅解。不仅在刚结婚时，现在也是。即便她的书架上摆满了那些横版的图书，或者桌子上摊开着其中一本，山根都没有表现出不悦。非但如此，他反而认为妻子品味高雅，并对此大加鼓励。他把妻子对文学的兴趣当作学习日本歌谣或茶道一样，毫不介意她的爱好里浓重地残留有前夫的色彩。不过也是从那时起，波津子认为山根是个不够细腻的人，所以并不感觉内疚。这是她对丈夫无声的反抗，也可以说是她发泄不满的出口。

波津子在前夫去世后，还独自考取了英语导游资格证。当时她没想过会再婚，准备今后都通过做口译谋生。在日本旅游翻译协会，她的名字也已经被登录在册。当时她住在父母家。

前夫去世后的四年中，她确实如愿做了导游。春秋两季有很多外国尤其是美国游客来日本旅游。其中有团体游客，也有个人游客。她自己希望可以多接待一些夫妇或者女性游客，因此旅行社通常也将这样的客人分派给她。有时她还会随女游客到箱根或日光住一晚。

她不是职业导游，却因此总是格外热心。她喜欢学习，总是提前收集好游客要去目的地的历史、地理等背景资料。一对来自美国的老学者夫妇曾对她赞不绝口。不过这对夫妇只是特例，大部分游客只是单纯地为了欣赏秀美的山水以及美轮美奂的古建筑，并对此欢欣雀跃。但那时她的解说中也总是透着知性。而且她的英语不只受书本影响，读女子大学时她曾跟着英国教师扎实地练习过口语，因此她的语法和发音都很地道，不同于那些讲一口如同黑社会般美式英语的职业翻译。此外，她还具备一个上流家庭子女所应有的良好的传统素养。

在波津子带过的游客中，有些对她很有好感，甚至不把她看作翻译和导游，而很高兴地将其称作"来自日本文化阶层的妇人"。她同好几位外国游客因此结下深厚的友谊，现在依然保持着通信。在他们的介绍下，又有新的客人向协会指定要求波津子做导游，还有人直接给她写信。

在前夫去世后的四年里，这些事情曾一度帮她排解了许多烦忧。可是，她终于意识到无法完全靠做导游维持生计。因为是爱好，所以有时做得很愉快。但实际上，尽管大家知道她并不以此为业，有些客人却依然只把她看作一介女导游。虽然她和山根再婚前，已经基本不再接手协会介绍的工作，不过她对讲英语还是心有不舍，因此还特地请求协会不要删除自己的名字。

说到讲英语，波津子在读女子大学时，曾参加了朋友创建的英语文学小组。她们当时还请了学校的一位英国女教师做讲师，用小说和戏曲作教材。所有课程都以英语轮讲，不过其实一半时间，她们都在很开心地闲聊。

　　直到现在，波津子依然每周参加一次英语文学小组的活动。她们租了学校会馆的一间屋子作场地。学校的建筑虽然已经变了样，但那里毕竟是她曾经度过青春的地方，所以每次去都感觉自己充满了朝气。对于她要去参加文学会这件事，山根欣然表示了同意。在他看来，这依然同去学习茶道或日本歌谣没什么分别。

　　多少年过去，当年一起参加英语文学小组的人也都有了不同的人生际遇。有人因为和丈夫不和离了婚，有人则奔向了情人的怀抱，有人依然单身，享受着漫长的青春。但是波津子从他人口中听到这些，也仅仅当作"故事"，而从没拿来和自己比较过。她明白自己没有那样的行动力，她已经放弃了，她现在相信自己唯一的命运，就是和这位令她心存不满的丈夫共度余生。

　　不仅如此，即便波津子读了她们现在用作教材的易卜生的经典英译本，那古典的"自我"作为知识吸收了，她却依然觉得和自己无关。她的内心并未受到影响，而书中所述对她来说也不过只是一纸虚幻。

2

　　那是三月末。波津子忽然接到旅游公司的电话，说两周后抵达的美国游客中，有一位妇人希望能请她做翻译兼导游。妇人自称是波津子以前接待过的里弗斯夫妇的朋友，里弗斯夫妇显然极力向这位朋友推荐了波津子。

　　波津子记得里弗斯夫妇。里弗斯先生是波士顿的律师，也是一位温文尔雅的绅士。里弗斯夫人则是位知性且温和的妻子，她印象深刻。为他们做导游是在自己再婚前一年，记得夫妇俩回国后，他们还曾通过一次信。

　　马萨诸塞州的州府波士顿历史悠久，现在还留有英国本土的语言和习俗。肯尼迪家族就出身于此，很多律师、学者等文化阶层都居住在这里。里弗斯夫妇说话也是一口英式表达和发音，像英国人一般彬彬有礼。他们那种古典的风格给波津子留下了非常愉快的印象，她当然忘不了。

　　相隔许多年后，波津子又动了心。既然是里弗斯夫妇的朋友，自然也一定是位富有知性的美国妇人。同这位妇人相处几日，也会给自己单调的生活带来些许变化，在这个意义上，也是件愉快的事情。只是，对方的请求中包含一个条件，她无法当即回复，因此在电话里说她需要考虑一天。

山根结束诊疗后回到家，波津子对他说了今天旅行社的请求。当时，丈夫一定是看到了她脸上久违的光彩，所以二话不说就同意了。

但是，有点儿麻烦的是那位妇人除了东京，还想去日光和京都，问能不能麻烦波津子跟着一起去。当然旅费、住宿费、杂费等一切由公司承担，不是问题，可是就算仅仅是日光和京都，也要离开家四天三夜。"这很麻烦。"波津子说。尽管如此，她的脸上却难掩想去的冲动。

"你以前有过这种旅行吗？"丈夫问。波津子做了详细的解释。如果游客只是一位单独的妇人时，无论去哪儿她当然都不会和对方分开，住的酒店也会是同一家。尤其这次的妇人是里弗斯夫妇的朋友，一定也是位不错人家的夫人，就像那对夫妇一样，浑身散发着美国文化阶层妇人的特有魅力。波津子向来和丈夫说话都提不起兴致，但此时或许心里想说服丈夫，多少在迎合着他说话。

山根当即同意了，说你去散散心，挺好的，因此积极劝波津子去。波津子真心实意地向他道谢。虽然以前也常道谢，但这次却是发自内心的。尽管如此，她表面上对丈夫也没有表露出多么欢喜，反倒一脸不情愿。她已经习惯对丈夫这样了。

第二天清晨，波津子给旅行社打电话告知自己已经同意对方的请求。负责人说："那位妇人计划两周后，也就是4月7日下午抵达羽田，到达后马上入住首都大饭店，所以你到时候直接去酒店等吧。这位马弗尔·布劳顿夫人三十二岁，来自波士顿，我们暂时就知道这些。"

　　然而等到 4 月 6 日上午 11 点，山根诊所里的一名护士忽然来找波津子，说诊室里来了位美国妇人，由于听不懂她说什么，所以山根医生想请她过去听一下。

　　波津子心下一惊，以为布劳顿夫人提前一天到了，竟然还找到自己家来了，但这当然是错觉。坐在治疗椅上、系着白色口腔围巾的，是位红头发、圆脸盘的二十八九岁的美国妇人。

　　看到波津子进来，妇人画着蓝色眼线的大眼睛朝她脉脉传语。戴着口罩的山根在女人面前站起身时，明显面露疑惑。治疗椅上方的灯光明晃晃地照着患者的大下巴和鲜红的嘴唇。

　　"这位妇人呢，说想要治牙，但我看她没有龋齿。你帮我听一下她在说什么。"丈夫说。护士们则在稍远的地方看着。

　　波津子转向笑脸盈盈的美国妇人，那是张营养充沛的脸，听到波津子的英语对方登时瞪大了眼睛。

　　"我这颗牙有些疼，一定是有蛀牙了，请帮我处理一下。"患者张开嘴巴，涂着红色指甲的小指指向里面。是美国南部口音。

　　"怎么检查也没发现蛀牙的存在，勉强说的话，里面只是有颗牙的牙根稍微弱一些而已。"山根眉头紧蹙。他清爽、微卷的头发里夹杂着些许白发。

波津子把这些话原封不动地告诉妇人，妇人嫣然一笑说道："但是很疼。"在波津子看来，那因微笑露出的皓齿上，明显带着健康的光泽。

"会不会是牙槽脓肿呢？"波津子问了丈夫外行话。

"不是。"丈夫明确回答。

"医生说你的牙没有任何问题。你感到的疼，会不会只是一种心理作用？"波津子对妇人说。

"不是。真的很疼。我现在住在一个小城市，因为觉得那里的牙医信不过，所以特意跑来东京。听说东京的牙医很优秀。"妇人的大嘴唇忙个不停。

"您住在什么地方？"

"R市。那里有一家工厂，我丈夫在那儿的研究所做工程师。"

波津子也听说过那家工厂，很有名气，它的研究所拥有全世界最尖端的电子科学，很多美国工程师都和家人一起定居在这里。R市在东京西面，距离东京约有100公里。

"就算是东京的牙医，也没办法治疗根本没坏的牙齿。"丈夫口罩外的眼睛透着苦笑。

"人家好不容易来一趟，你就简单应付一下，让她满意吧。"波津子对丈夫说。他一脸为难地看看妇人，不知道对方又说了什么。

"她说就是为了治牙才特意来东京的，需要几天都可以，希望得到充分的治疗。"

"特意呀。可是她的牙明明没有问题，要是为了美，弄成金牙倒是可以。可外国女人应该不喜欢金牙。"

"您想在哪颗牙上弄点儿修饰吗？"波津子转头对妇人说。

她为难似的想了一下，说想在不醒目的地方做一下。山根于是决定给她那颗略微松动的牙齿里侧做一下加固。

"大概需要几天呢？"红头发女人问。丈夫回答说有五六天足够了。

"为此会把那颗牙多少磨去一些。"波津子转述了丈夫的话。

"哦，就这么办吧。花多长时间都没关系。"

没有迫切需要却坚持要求治牙，同日本患者相比，这位美国女人的行为实在难以理解。说起来，刚才她一直说牙痛，此刻却像是若无其事一般绝口不提，也让人莫名其妙。

"医生问要不要现在就开始呢？"

"可以明天吗？其实我约好了今天要去朋友家，时间快来不及了。明天我会在您指定的时间来。"新患者说道。

"可以的。请您明天这个时候来吧。……能问下您的名字吗？"

"我叫吉恩·康威尔。19××年出生。现住址是 R 市，我最近几天住在东京的首都大饭店。我丈夫同事的夫人也有事来东京，我们是一起来的。"

波津子在诊疗簿上记录下她的名字，顺便写好就诊卡交给新患者。

"这卡片是看牙医的证明吗？"康威尔夫人看着就诊卡问波津子。

"嗯，是的。"

"谢谢，我会放好的。"她宝贝似的把卡片收进了拎包里。

康威尔夫人当然没有国民保险，所以波津子照常问她收了初诊费。她拿出一万日元付过初诊费，收好了找零。

"你的英语说得很地道。你去过英国或是美国吗？"康威尔夫人在诊室门口对波津子说。她衣着光鲜亮丽。

"没有，我还没去过国外。"

"那你说得相当不错啊。"

患者对波津子恭维了一番，然后欢欢喜喜地走了。

3

　　第二天下午一点，波津子如约走进了首都大饭店。在酒店大堂等候时，她竟时隔数年再次见到了旅行社的一位熟人。

　　"布劳顿夫人三十分钟前进了酒店，她需要先回房间换衣服。再有个五六分钟，应该就能下来。"

　　利用这段时间，他和波津子谈了下未来几天的行程安排。布劳顿夫人在日本停留约三周，她想先粗略地在东京游览一番，之后再去日光和京都，这段时间希望波津子全程陪同。接下来，旅行社会安排其他合适的译员接替波津子。波津子同他就翻译费等具体细节做了简单约定。除了因为物价原因费用有所上涨外，其他条件和以前一样。

　　很快从远处的电梯口走出一群外国客人，其中一个金发的女人朝这边走过来，她的蓝毛衣外披着一件大红的开衫。负责的男子从椅子上起身，朝她微笑算作招呼。

　　马弗尔·布劳顿鹅蛋形的脸上鼻尖微翘，嘴巴宽大，下巴短小，眼角有许多细小的皱纹。她的身材虽没有那么玲珑有致，却也整体给人一种优雅的感觉。波津子对她印象很好。

　　"我这里有一封海伦给你的信，佐久间女士。"

布劳顿夫人递给波津子一个信封。佐久间是波津子前夫去世后，她回到父母家时用的姓氏。海伦·里弗斯在信上说了些自己和丈夫后来的消息，还说布劳顿夫人是自己的邻居，此次计划独自一人去日本、新加坡，还有中国香港、泰国曼谷等地观光。里弗斯希望布劳顿夫人在日本期间能得到波津子热情友好的招待，还提到她的丈夫是个有钱人。文章写得很简略，却细致周到。

"海伦让我向你问好。"

布劳顿夫人坐到旁边的椅子上，声音干巴巴地说道。波津子则纠正说，自己现在姓山根。

波津子为了更熟络些，再次问起里弗斯夫妇的近况。布莱顿妇人于是说了些介绍信上没提的事，夫妻俩离开日本之后又去欧洲旅行了三次，里弗斯现在的法律事务所生意兴隆，长子也为了继承父亲的生意在大学攻读法律专业，海伦则在教附近的女孩们做法国菜。她称里弗斯夫人为海伦，似乎有意强调她们私交甚厚。

但是，那些词语和词语之间是断开的，没有抑扬顿挫。不过确实是英式发音。

她们谈好了观光日程。布劳顿夫人今天累了，她们决定明天先逛逛东京，后天去日光住一晚，接下来那天回东京住，隔一天再去京都。旅行社的负责人谈完这些事后，留下英文导游手册匆匆离去。

波津子若无其事地观察了一下布劳顿夫人。她的两只耳朵垂着大粒的珍珠，脖子上项链绕了三圈，手上则戴着一枚足有两克拉的结婚戒指；长着金色汗毛的手腕上缠着粗粗的金手链；开衫毛衣上热闹地匍匐着仿佛是唐草的纹饰，红色毛衣的袖子上金色的孔雀正在开屏，而每一根孔雀的羽毛尖都嵌着红宝石和翡翠。这些足够让人信服里弗斯夫人信上说的她是有钱人家的太太。波津子早就知道美国妇人历来以璀璨夺目的装束著称，不过就上流社会的家庭而言，布劳顿夫人这样的打扮似乎多少有些奢华了。

但是，不知道是因为刚到日本有些累，还是因为知性女人特有的气质，她比自己想的要话少。虽然称不上是美人，但那优雅的脸上似乎总泛着几丝忧愁，服饰的热闹与本人给人的安静印象也形成一种鲜明的反差。波津子这样想，也是因为忍不住把眼前的女士与昨天来诊所治牙的那位莫名其妙的康威尔夫人做了一番比较，而那位的脸上简直集中了美国妇人的丑陋之处。

敲定好第二天的行程后，波津子便离开了酒店。商谈行程没有如预计的花那么多时间，虽然是小旅行，但她想穿件新开衫，于是给杉田幸枝打了个电话。杉田幸枝是她的同学，现在依然单身，在京桥开了一家洋裁店。虽然作为设计师尚未被大众所知，但她很有品位，也因之吸引了不少高级顾客。店里摆满了进口成衣和服装配饰。她不是英语文学小组的，不过同伴们的话题里却经常提到她。

"好久不见啊，我也正想见你呢。我现在正好有空，快来吧。"

电话里传来杉田幸枝高亢的声音。等她一走进店里，女店员立刻去二楼通知了老板。二楼是定制服装客人的休息室和试缝室。旁边还有幸枝的房间。过了一会儿,店员下来转告说老板现在正给客人量尺寸,马上就好,让她先上楼。波津子于是决定趁这段时间挑选下楼下陈列的开衫毛衣。考虑到要和那位美国妇人站在一起,她拿了件比平时颜色更亮丽的。太素雅会让人觉得寒酸。

过了大约十五分钟,着一袭黑衣的杉田幸枝才送客人下楼。客人是个高高瘦瘦的外国中年妇人,她走在前面,一头浅棕色的头发披在绿色大衣的肩头。她额头宽阔,颧骨突出,眼睛凹陷,只有一双眼睛炯炯有神。脸上的皱纹让她的皮肤看起来格外干燥。大衣的前襟敞开着,露出砖红色的连衣裙,裙子则是裁到大腿处的迷你款。

女人的身影从店前消失,杉田幸枝才来到波津子旁边。

"这件会不会太花哨了?"波津子给设计师看自己挑选的开衫。

"绝对不花哨。你穿上会显得很漂亮。"

"是吗?"

"总体来说,你的穿着太过朴素了。看看刚才那位美国太太,据说已经三十九岁了。你得学学人家。"

波津子没说自己因为要陪美国来的女游客所以才想要这件新开衫。两人随后上了二楼,在休息室的沙发上并排坐下。女店员端来了咖啡。

"刚才的客人说和丈夫住在小城市,这次是特意来东京定做衣服的。她定了两套衣服,试缝要十天,完成还需要大概一周,一共需要近二十天。她说很高兴在小城市和东京之间来回往返。而每次来东京时,她都会在酒店住上两晚。"杉田幸枝吸着细细的烟卷说道。

"小城市是哪儿?"

"R 市。据说她的丈夫是工程师。"

波津子差点儿脱口而出昨天去丈夫诊所就诊的那名患者。不过她还是忍住了,要知道作为一名医生的妻子,她有义务保护患者的隐私。

"她说是和要好的女性朋友一起来的。憋在一无所有的乡下,可能寂寞难耐吧,所以才会找些借口兴冲冲地跑来东京。那种互相邀请的派对理由估计也用尽了,扑克也玩腻了。想一想怪可怜的。估计丈夫拿着丰厚的薪水。"幸枝笑着说。

"要是能这样度过夫妇间的疲惫期倒也不错。"

"哎呀,这话说得怎么好像你能感同身受一样。你和你的丈夫怎么样了?"幸枝瞅着波津子的脸。

"我们家从一开始就淡如止水。疲惫期不是在轰轰烈烈的爱情之后到来的嘛,我们则是连热恋都没有。"

要是死去的丈夫还活着，他们会不会已经迎来疲惫期了呢，波津子蓦然回想起了遥远的过去。

"可这样的关系也不错啊。"幸枝说。她知道波津子的亡夫，也知道她再婚的经过。波津子想，她也许是顾忌自己后妻的身份才这么说的吧。

与波津子不同，杉田幸枝在旧友间屡屡被提及则是因为她奔放不羁的性格。她虽然还是单身，但关于她的风言风语却一直不绝于耳，据说她曾经历过各种男人，甚至还有人说就连这家店也有特殊的庇护者。这些流言不知道有几分是真的，但是从她毫无结婚意愿的生活方式来看，似乎也一定程度上有所验证。自从得知波津子淡泊的夫妻关系以后，幸枝就时常若无其事地流露出了述怀的口吻，在那以后，她一定会倾诉一番自己那些轰轰烈烈的爱情之后的种种苦恼。波津子这样想着，但幸枝接下来说出的话却和她想的大相径庭。

"我觉得你这样活着就很好。很像你。但是，我做不到。我的一生都似乎和婚姻无缘。我已经不年轻了，也想过要不要当作恶贯已满，干脆结婚成个家，但是我就像疾驰的车，已经停不下来了。看着其他车可以停下来静静地享受阳光，我也希望像那样安定下来，而不是总在一条难走的路上拼命奔驰。但我已经做不到了，就像你学不来我一样。"

"不过话说回来，对你来说那条路也就是你活着的价值所在，这不也挺好吗？抛锚的车只会渐渐蒙尘，即使想看新的风景，也是看不到了啊。"波津子回答。

<h1 style="text-align:center">4</h1>

晚饭时，波津子问丈夫："昨天的那位美国妇人今天来了吗？"

"啊，来了，来了。没办法，给她简单弄了下牙就让她回去了。真是悠闲啊，说花多少天都行。"山根晚上常常小酌，此刻脸上正带着微醺说道。

"她之前好像说是和朋友一起来东京的，她朋友今天陪她来了吗？"

波津子本想和丈夫说起杉田幸枝的那位客人，不过话到嘴边又被她咽了回去。那两个人也许是一起的，也许不是。

"小城市很多东西都不全吧，可能她也想感受一下东京这种大城市的氛围。"

波津子今天一反常态主动说了这么多，使得山根心情大悦，说："我能明白她的心情。大概是过来放松一下吧。不过花着旅费，还要在昂贵的酒店里住上几晚，治牙也要花钱，那位美国老公应该是很爱他的妻子了。估计薪水也相当不错。"

"不过太太就算放飞自我也该有个限度。和男性不同，她们最多也就是和朋友去购购物，看看电影，吃点儿好吃的罢了。"

"虽然上了年纪，不过内心里还是个小女生呗。你这次的客人要更胜一筹呢。今天第一次见面，印象怎么样？"

"没什么特别的。"

波津子眼前浮现出马弗尔·布劳顿那张泛着愁容又不失优雅的鹅蛋脸。虽说她是有钱人家的太太，但她同自己以前接触过的那些暴发户明显不一样。她既然是里弗斯夫人的好友，那她们也应该有着同等程度的教养和谦逊。她一口近乎地道的英式英语和少言寡语的性格，也都让人心生好感。这次的导游一定也会很顺利吧。对方又是一个女人单独旅行，所以比起里弗斯夫妇来日本的时候，自己和她估计也更能成为好朋友。两个人也许还能聊很多亲密的话题。不过她脸上总泛着几丝落寞的表情，不知道究竟是与生俱来的，还是因为后天的某些因素？波津子对此有种莫名的好奇。不过随着这趟旅行下来，其中缘由大概也能慢慢清晰吧。

第二天上午十点，波津子坐在首都大饭店大堂的椅子上等待她的客户。布劳顿夫人比约定时间晚到了三十分钟，脸上依然透着疲惫。她只是冲波津子简单微笑了一下，没有欢快地同她打招呼。不过，她的打扮依然光鲜亮丽。

此次东京游览从普通路线开始。她们依次游览了皇宫、明治神宫、浅草、银座等等。对江户城，布劳顿夫人似乎并没有波津子预期的那么兴致勃勃。她在解说的时候，布劳顿妇人却似乎在思考其他事情，中间经常蓦然一惊，好像刚刚听到她说话似的。而且在波津子解说的过程中，她也几乎没问什么问题。波津子想，大概是这些地方还不足以展示日本的传统美，所以没有勾起她强烈的兴趣吧。不过即使是在深受外国游客喜爱的浅草仲见世，她也仅仅是东张西望了一番而已。

接近正午，她们去了目白台一家名为 C 庄的酒店，要了张能看到园中草坪和树木的餐桌。远处的山丘上樱花如雪，四下围着红色的帷幕。她们午饭吃的三明治和红茶，波津子抢着付了账。她本想为接下来四天三夜的旅行增进一下两个人之间的感情，不过客人对此并没有任何道谢。

结束简单的午餐后，她们又在园子里的路上走了走。沿山丘上下起伏的小径只能容一人通过，和迎面而来的人擦肩而过时必须侧着身子。这里的美国人也不少。他们很多是同行的夫妇或者伙伴。布劳顿夫人小心翼翼地观察着他们。第一次来到异国，看到自己的同胞还是会感到亲切吧。不过无论是竹林中的古池还是五重塔的模型，都没能真正引起她的兴趣。

客人不大说话，波津子也就没有什么途径掌握更多关于她的信息。她丈夫从事什么职业，家庭状况如何，还有她自身的兴趣爱好，这些都一无所知。虽然布莱顿夫人是美国人，但她的性格也许有几分像内敛的日本人。或者可以理解为一个女人初次来东洋旅行，因此格外小心谨慎？波津子从她和里弗斯夫妇的交往问起，想试着多了解她一些，可几乎白费力气。她同里弗斯夫妇似乎没有太深的交情，只知道他们一些泛泛的事情。就波津子观察，他们之间大概并没有超出邻居的交往，似乎她要来日本，而里弗斯夫人替她写了介绍信，仅此而已。

　　波津子费尽心思，最后只问出来她膝下有两个孩子，一个男孩和一个女孩。她丈夫做的是食品加工方面的生意。说到食品加工，波士顿的肉类和鱼类罐头一直在世界上颇负盛名，估计她丈夫从事的也是其中之一吧。再有她的丈夫是个有钱人，住的地方环境优雅，这从她住在律师里弗斯夫妇家附近便可知所言不虚。她还说，她丈夫因为太忙才没有陪她来。波津子若无其事地问起她在阅读方面的喜好，但几乎没有得到回答。太刨根问底终究有失礼貌，所以波津子没有追问，她渐渐明白这是位棘手的客人。不过她安慰自己，接下来四天的旅行中，客人一定会一点点放松下来，而自己也能了解她更多一些吧。

　　这天的游览结束后，波津子把客人送回酒店，没吃晚饭就回家了。她累了。

　　"你好像很累啊，如果实在为难的话，不做也行吧？"丈夫看着波津子说。

　　"可能是因为好几年没做了吧。不过既然接了这个客人，那不带完怎么行。"

　　"是不能丢下不管。不过对方真的很难相处吗？"

"倒也不是，她大概是还不习惯旅行吧。"

"她大概多大年纪？"

"听说三十二岁。"

自从和山根结婚后，这是波津子第一次为外国人做导游，山根很想问问她从前的各种经历，但波津子心中烦闷，没怎么回答。

丈夫早已对妻子的态度习以为常，因此并不在意，反而快活地说了起来。

"今天那位美国太太又来了。她说今晚会再住一晚，明天早晨回 R 市，过个四五天再来。整个人看起来眉飞色舞的。虽然不太明白她究竟在说什么，但对护士也有说有笑。还说希望治疗的时间尽可能久一些。可说白了，她那种根本都算不上治疗，乡下的牙医应该也嘻嘻哈哈就做了。"

布劳顿夫人哪怕有她的一点儿乐观，自己也会感激不尽。波津子心想，她也许是在摆上流社会夫人的架子。看起来面容忧愁，说不定只是故意给人的错觉。住在高级住宅区的大房子里，丈夫是食品加工公司的社长，出入于保留着英国旧式传统的社交界，这样的布劳顿夫人一时心血来潮独自踏上东洋之旅，也许某种程度上装腔作势一下，自己也得忍耐吧。

波津子从前的导游经历中，接触比较多的是喜欢饶舌的美国平民阶层的妇人，另外虽然为数不多，但也不是没见过喜欢拿腔拿调的客人。当然，对于那种客人只要减少自己的感情投入倒也好应对，可波津子还是不擅长于此。而且即便在这些人里，布劳顿夫人也是十分难相处的。不过话说回来，明天不去日光又怎么知道呢？

5

乘坐"浪漫列车"去日光下今市的两个小时，对波津子来说局促难安。坐在靠窗座位的布劳顿夫人只是不时看看单调的平原划过车窗，百无聊赖。她既不看书，也不同波津子说话，只是将短下巴窝在衣领里，露出一双郁郁的眼睛。波津子一度指着田园上出现的农舍说起日本的农业生活。她的解说虽然有民俗学倾向，不过以前也有美国游客听到她对日本农村生活的介绍后喜出望外。而且她还想到这位女客人的丈夫也许正从事着和果实有关的事业，所以她提起这些也是出于善意，但布劳顿夫人仅仅瞥了一眼农舍，并没有表现出更多的兴趣。

她假如拿出书或者杂志来看，那波津子也可以翻开自己带的书籍，可客人毫无此意，波津子也不便自作主张。很多美国妇人在这样的列车里会欢快地聊上一路，自己邻里周围的风言风语就不必说了，就连家中的隐私都说得肆无忌惮，让听的人不禁面红耳赤。那种客人自然让人无可奈何，可现在身旁这位波士顿来的女客坚守的沉默也让人头疼。

要是客人拿出书来读，从书名、作者等信息可以察觉她的喜好和教养，从中也可以找到一些聊天的话题，但是客人什么材料都不给，波津子自然无从切入。过了一会儿，也许因为阳光正暖，布劳顿夫人小睡或是冥思般地把头靠在椅背上，轻轻打起哈欠。波津子不想打扰她，也就不再说话，而让自己尽可能思考些其他事情。车窗外，乡间的防风林中有樱花正在盛放。

下午三点左右抵达日光的预订酒店时，意想不到的麻烦正等着波津子。前台为难地告诉她们，由于现在正处于外国游客的旅行高峰，房间已经全住满了。不过如果波津子愿意，可以给她介绍别家旅馆，请她到那边去住。

旅行社虽然会给客人和导游预订同家酒店，但通常只是口头约定而已，不会严格执行。又因为导游的房费不到正常价格的一半，因此比起房间被导游抢去，酒店也更想多接待一些外国客人。这样的事情经常发生，同酒店交涉也无济于事，不过波津子还是第一次碰到。

"很遗憾，我晚上得住在另一家酒店。如果您有事找我请告诉前台，接到电话我会马上赶过来。"

"为什么？"布劳顿夫人诧异地问。

"因为一些酒店方面的原因，所以弄成了这样。"

　　客人似乎很快明白了缘由，但却没有表现出明显的不安。她点了点短下巴，却并非冲着波津子，她似乎觉得主人和从者当然要有区别。

　　"还有时间可以在附近逛一下，您有什么打算吗？"

　　客人看了一眼墙上的表，以一种命令的口吻说道："已经快四点了，我要直接回房间。你明天十点来大堂找我吧。"说罢，她跟着接过小旅行箱的服务生快步离开了。虽然外国游客一旦过了四点基本不再外出观光，但……

　　波津子最后住进了离酒店不远的一家小旅馆，尽管暂时不用再应付令人头疼的客人，可她还是无法拂去多少有些悲惨的心情。早知道这样，就不该做什么临时导游，波津子有些后悔，还有些憎恨把这位古怪妇人介绍给她的里弗斯夫妇。

　　不过，也许这一切都是误会。理智的里弗斯夫妇不会同如此古怪的女性交往，布劳顿夫人虽然给人第一印象不太好，但也许她非常有教养，不过是因为第一次独自来日本旅行，所以有些神经质而已。波津子试着说服自己。毕竟算上昨天和今天，自己同她相识不过几个小时而已，根本不清楚她的为人究竟如何。等明天观光旅程正式开始，对方紧张的心情放松下来，一定会和自己相处融洽的。——波津子那天晚上入住的小房间很吵，附近还有男客们喧哗，好不容易才睡着。幸运的是，酒店那边整个晚上都没打来电话。

　　早晨不到十点时，波津子就到了酒店，但布劳顿夫人又比约定时间迟到了三十分钟。她走进大堂时，大大的嘴上洋溢着微笑，心情似乎比昨天要好。而波津子则因为晚上睡眠不足，大脑昏昏沉沉的。

　　她们租了一辆车，决定先去东照宫。此时正是旅游旺季，她们所到之处无不人头攒动。外国游客很多，而明显有日本女导游陪同的旅游团也很多。布劳顿夫人在游览的过程中不时向他们望去。

　　在去往阳明门的路上，波津子为解说东照宫，先讲解了一些简单的概念。杉林间时隐时现的朱红色附属建筑，第一次引起了布劳顿夫人的兴趣，她开始安静地聆听波津子解说。

　　等到登上阳明门的石阶，她的眼中熠熠生辉，抬头看着金色搭配土绿色的明艳色彩，轻声喊道："Wonderful！"

　　她第一次流露出游客的纯真，令波津子长长舒了一口气，尽管她也没能说些更为细致的观感。

　　她们穿过楼门看过拜殿，从朱漆的走廊遥望檐下位于楼门两侧的回廊，仰望绘有花卉及瑞鸟的木格天花板时，布劳顿夫人都只有"wonderful"这一个感叹词。唯有那双大眼睛新奇地转来转去。

　　这让波津子有些诧异。普通美国人虽然喜欢说 wonderful，但里弗斯夫妇几乎从来没有说过这个感叹词，他们像英国人一样更喜欢用 charming, absolutely marvelous 或者 divine。在游览时，他们会具体说哪里精湛，哪里很美，而绝不会泛泛而谈。他们乐于仔细观察细节，也委婉地说出自己的批评。从他们身上，波津子看到了出身波士顿名门的文化阶层的风采，要知道，波士顿的名门世家即使在美国也极具代表性。

然而，布劳顿夫人无论在去往中禅寺湖的羊肠小道上眺望风景，还是伫立在波光粼粼的湖畔欣赏升起水雾的华严瀑布，依然和之前一样只用了 wonderful 这一个感叹词。

"富于教养的妇人在观察事物时，通常会使用分析性的语言，同自己过去的经验进行比较，具体而且客观。与之相反，没有丰富教养的妇人观赏时所用的语言，大体上更为主观、抽象、单纯，而且过于情绪化。这也同表达能力密切相关……"

波津子想起比较语言学中的这段话。她忘了作者是不是施莱谢尔，不过她清楚地记得作者当时是在讲解女性的情感表达。

这天的游览过程中，布劳顿夫人同波津子一直保持着距离，这种态度的背后是否正好适用这段话的后几行，让人多少还有些踌躇。不过，波津子也想过，随着在日光的游览，她沉默寡言的外壳也许会碎掉一部分，届时便能够窥探到她真实的性格和情感，在这点上可以说波津子的期待实现了。即便住在同一个地区并互有往来，但似乎布劳顿夫人和里弗斯夫妇所处的位置并不相同。这样一想，波津子忽然感觉她那总泛着忧愁的脸上，知性正一点点消失，虽然她的知性很大程度上也有赖于她的沉默寡言。

最后，她们发生了一点儿小冲突。

回酒店吃晚饭时，波津子作为导游，要了一份协会和酒店谈好的工作餐。因为有特别折扣，所以只要 400 日元。而布劳顿夫人的，当然是 1500 日元的套餐。吃饭时她不时用眼神瞄着波津子寒酸的碗碟。如果她这时说，为什么我有炸虾，而你的盘子里没有，或者为什么你没有焗虹鳟鱼，波津子打算回答我不喜欢海鲜。这是她以往的经验。善于察言观色的客人会说，你也点和我一样的吧，我请客，接下来两个人也可以继续愉快地聊天，但布劳顿夫人对面前这些碗碟里的差别似乎毫不关心。不，那表情似乎认为这一切都理所当然。不仅如此，她在就餐期间还单独给自己要了一杯琴费士。尽管波津子早已习惯了美国人的利己主义，但这位女客人的行为还是让她有些不快。

小冲突的发生是因为当时餐厅客人太多，等到接近去上野的电车发车时间时，甜点还没上来。不仅甜点没上，她点的琴费士也一直没好。波津子本想提醒她本来时间就不多，就别再点酒了，可毕竟对方是自己喝，她也不便阻拦。结果甜点的水果、红茶和琴费士都还没上，她们就不得不离席。结账时，收银员让布劳顿夫人支付的金额当然包含上述这些。

"我不能为我没吃的东西付钱。你们浪费了我等待的时间，责任当然在你们酒店。"

她以此为由固执地拒绝付款。围绕是否要多付 320 日元，收银员和她各执一词，互不相让。过了一会儿，收款员忽然将矛头指向波津子，让她想办法。考虑到如果继续争执下去，两个人都可能赶不上已经预约好座位的电车，波津子替布劳顿夫人付了钱。

"你完全没有必要付那笔钱。"

电车驶出后，刚才在汽车上也一脸不悦，仍然对刚才发生的事情耿耿于怀的女客人对波津子说道。

"也许您说得对，布劳顿夫人。但是，当时的情况是我们快赶不上车了，所以没办法。"波津子面带微笑地回答。

"你因为我蒙受了损失。我需要补偿你吗？"

"您不用费心。钱很少，而且是我自己要这么做的。"

布劳顿夫人默默地看向窗外。那表情像是说当然了，也不过是区区 320 日元的事情……

6

和布劳顿夫人相处的不快，使得波津子开始反省自己究竟是不是一个好的导游。如果是职业导游的话，一定能够巧妙地应对这位难以相处的女游客，解开她的心结，同她和谐相处。他们往往能够充分发挥自己的职业意识和技能解决各种难题，甚至还可以根据自己以往的经验区分客人类型，并根据客人的不同特点拿出不同的解决办法。

但是，波津子显然并不具备这样的能力。她拥有的仅仅是善意。她只是想要通过驾驭语言接触外国女性的天性，和她们建立友情，并借此努力拓展自己的知识。于她而言，这是可以弥补自己家庭生活空虚的来自外部世界的空气。但是如果对方恰巧是位棘手的客人，自己从中收获的反而会是更多的痛苦和疲惫。不仅身心疲乏，同对方的对立还让自己心烦意乱，内心受伤。固然是因为自己在职业上还不够虚心才导致这样的问题，但是，其中可能也有自己自以为是、多虑、过度解读以及被迫害妄想的地方吧。人与人之间秉性上的差异没有办法弥补，但因为不熟悉彼此所产生的误会以及由此带来的情绪波动必须尽可能平复。因此要克制的也是自己这边。对方是重要的客人，自己则是翻译兼导游。只要还负责这个任务，那自己就是陪同人。虽然是里弗斯夫妇的介绍，但布劳顿夫人并非自己的朋友。

即便接待的客人稍稍有些古怪，摆着波士顿富家太太的架子，而且她伪装的知性已经露出了破绽，自己也不必对此太过敏感。现在自己的职责，就是要抹去自己的感情，用心做好导游。假如自己的不愉快在表情或语气中有所流露，对方马上就能觉察，接下来又会反作用到自己身上，这样就会形成恶性循环。

——尽管已经努力劝解过自己，但翌日去往京都的列车中，同布劳顿夫人相邻而坐还是让波津子心有余悸，担心又突然生出什么情感上的阴霾。

此时的超特快新干线上坐满了乘客，这个一等车厢也已经座无虚席，而其间三分之一都是来观光的外国游客。他们中有的团体男女都有，有的则全是女客。

比较之下，只有布劳顿夫人形单影只。不过，很快她似乎开始留意起前面的几位美国人，不时望过去。那是三位年近五十岁的中年女人，靠边位置的明显是一位职业女导游，大概二十七八岁，面朝车窗不停做着解说。三位女客人都一边望窗外，一边认真地倾听着。

和其他导游尤其是专业导游同一车厢令波津子感到有些发窘，但她已无法避免。列车要经过横滨时，她也模仿对方，为布劳顿夫人做了一番解说。然而，布劳顿夫人依然不知道究竟是否在听，也不发问，只是偶尔象征性地看一眼窗外。只有当她的视线移到前面几位妇人那里时，蓝色的眼睛里才略微流露出几分热情。

布劳顿夫人在座位上心神不宁地坐了四十分钟，最后终于忍不住起了身。她摇晃着走在车厢的过道上，努力用脚保持重心，一步步向前走去。波津子起初以为她要去卫生间，但很快发现并不是，她在三位中年女性的座位前停了下来，然后侧过脸同其中一位笑盈盈地攀谈起来。

三个女人中，前排座位上的两位面朝自己的方向并排坐着，

她们面前另一位则同导游一起，背对自己而坐。布劳顿夫人走过
去时，大家一齐仰头看向她，一群人很快叽叽喳喳起来。布劳顿
夫人的侧脸神采飞扬，嘴唇忙个不停。因为离自己有些远，所以
听不清她们在谈什么。

本以为她们的谈话很快就会结束，但旁边的导游竟然起身把
座位让给了布劳顿夫人，这下波津子更不确定她们究竟会聊多
久了。

导游没有了座位，就走到了波津子面前。她们于是互相寒暄
了一下。

"能借坐一下吗？"

"请。"波津子说，她瞥了一眼布劳顿夫人金色的后脑勺。

"她们看样子一时半会儿聊不完。"

穿着浅驼色套装的导游舌尖轻吐，然后坐到了空位上。

"你的客人从哪儿来？"导游问。

"波士顿。"

"是吗？我的那几位来自旧金山。"

来自波士顿的布劳顿夫人同来自美国西部的妇人们聊得眉飞
色舞，对此波津子已经不再感到有什么不自然。非但如此，而且
波津子也愿意看见她打破沉默，同一群太太们聊到嘴角唾液飞起。

波津子感觉自己同布劳顿夫人的隔阂正一点点缩小，对她观察的焦点也不一样了。

　　波津子同面前作为资深导游的小姐聊了些无关紧要的事。从说话方式看，对方从事这份职业已经很久了。不过彼此都避免了向对方刨根问底。

　　过了一会儿，正聊得火热的几位美国妇人们似乎有意无意间朝波津子她们这边瞥了一眼。

　　"好像在倾诉对我们的不满呢。"资深导游苦笑道。

　　"什么？"

　　"不是有句话说，邻家的草坪更美吗？"

　　客人们似乎在评论彼此的导游。布劳顿夫人不可能说自己的好话。既不热情又不可爱，没有眼力见还傲慢。波津子的脑海中浮现出客人眼中的自己。似乎能听到她们在说什么，布劳顿夫人在旅途中同偶遇的美国同胞抱怨着自己的导游，而对方则为其导游自鸣得意。"那种女人，你干脆要求旅行社给你换一个好了。"她们也许会虚情假意地故作热心，但其实兴致盎然地如此替布劳顿夫人建言吧。

　　"她们经常交换信息。不过我已经习以为常了。"资深导游揣测着波津子的心情，安慰她说。

又过了一会儿，又出现了新的局面。隔着过道坐在另一侧的一位外国男人也走过去起身，加入了女人们的群聊。

男人明显是美国人。大概二十六七岁，个子很高，脸有些长，一头浅棕色的头发，穿一套得体的蓝色西服。这位青年站在过道，手轻轻搭在椅背上支撑着身体，谨慎地同妇人们交谈。妇人们则仰着头，每一位都眉飞色舞、笑容满溢。她们专注地聆听，不时点头示意，或者简短提问。青年的手放在布劳顿夫人的椅子后面，她脸上的神情难以捉摸。

"那人似乎在告诉她们一些日本旅行的事。"资深导游压低声音对波津子说。

"……那位青年估计已经在日本待很久了吧。你看，他好像什么都知道似的在解释着什么。要是给她们灌输了多余的东西，过后我们就会很头痛了。而且，那个青年还有点儿帅是吧，太太们貌似都心情大好呢。"

青年低头看着布劳顿夫人，似乎在认真地听她说些什么。这个来自波士顿的女人，已经彻底在新的座位上安顿下来了。

7

坐车去京都预订酒店的路上，布劳顿夫人明显心情大悦。波津子本以为自己马上就会被宣布解雇，但她的预想不仅没能实现，布劳顿夫人在旅途中竟然开始开口了。她看到五重塔时提问，看到走在桥上穿和服的女性时提问，望着瓦做屋檐的街道时又发出了提问。真是难得。尽管对于波津子的解说，她依然听得心不在焉，只是这一次她不像之前沉浸在自己的思绪里，而似乎被其他事情分了心，所以注意力有些涣散。

波津子情不自禁将眼前这位女客人的变化同列车上那位浅棕色头发的青年联系到了一起。她虽然觉得这样想不太礼貌，但又无法说服自己不这么想。就连布劳顿夫人的眼眸，也已经不再黯淡，似乎处于一种心旌荡漾的状态里。

这一次住酒店时，波津子确保了自己的房间就在女客人隔壁。她们的房间在五楼靠北，透过窗户放眼望去，可以看到不远处丘陵舒缓的曲线以及街道上茂密的树木，其间还有寺院硕大的屋顶露出。

"我想去看看平安神宫的庭园，现在就带我去吧。"布劳顿夫人把手提行李递给服务生让他放进房间，马上对波津子说道。她第一次如此积极。神社的名字竟然也能脱口而出，波津子猜测是列车上那位青年告诉她的。那位久居日本的青年如果不给她们灌输多余的消息就好了，资深导游的担心果然应验了。不过，对于波津子而言，平安神宫早已经在日程里了，倒没有太大妨碍。

比起这点，现在已经接近下午两点，甚至都不在酒店吃个午饭喝杯茶就要跑出去，波津子很惊讶布劳顿夫人竟会变得如此性急。她今天早晨起得很早，目前已经饥肠辘辘，但又不能抱怨。

从酒店到平安神宫大约有五六分钟的车程，而这里红色的大鸟居一直很招外国人喜欢。在朱红的大门前，波津子开始介绍："这座门是以九世纪时一座叫应天门的皇宫大门为原型仿建的……"在大极殿前，她又介绍说："这栋建筑模仿的是当时帝王举行国家大典的宫殿，大小约为原型的八分之五……"尽管布劳顿夫人这天兴致很高，但对于波津子的介绍她似乎都只听进去了一半，就心急火燎地吵着要去下一个地方。

这样的经历波津子过去也不是没有过。正在解说一件事时，外国游客的眼睛突然转向别处，不待解说完就提出毫不相关的新问题。游客的问题转来转去，即兴跳跃，让导游颇感无奈。在波津子看来，这样心浮气躁的客人当然无法和"知性"一词沾上边。甚至都无须拿出施莱谢尔的比较语言学来做分析，这类游客的行为不过是单纯的情感宣泄罢了。

但是，布劳顿夫人的情形又与之不同。她的心明显不在这里，似乎已经飞去了建筑后面的庭园。

一进庭园，女客人登时瞪大了眼睛，发出一声心满意足的惊叹。

新绿热烈，盛开的垂樱枝条袅袅。她张大了嘴，说 Wonderful。波津子努力不去在意这个感叹词。

园子里的游人很多，还有不少来修学旅行的学生团体。一万坪的回游式日本庭园里，小径上游人如织。

布劳顿夫人不停地东张西望，像在探寻美景。她之前一直没有表现出太大的游览兴致，似乎来到这里才被深深打动了。波津子终于再次体验到了身为一名导游的价值，她希望能让客人在游览过程中更高兴些。而此时此刻，她最近几天积攒的不快和压抑也开始慢慢消融了。

她们来到夹在两个池塘中间的一条路上时，波津子指着其中一个池塘说道："布劳顿夫人，这边的池塘叫白虎池……"

正说话间，布劳顿夫人的视线却突然转向了另一侧苍龙池边的一棵松树处，她随之脚步匆匆地走过去。

松树下此刻正站着一位美国青年，高高的个子，后背微曲，一头浅棕色的头发。列车上曾见过的蓝色上衣和浅灰色裤子在阳光下色彩亮丽。布劳顿夫人走近他，青年的笑脸上也开始明媚起来。

重逢明显让布劳顿夫人笑逐颜开，她仰头对青年说着什么，青年则保持着一种微笑聆听的姿态。

波津子被来往的行人挤到路边时，青年远远地瞅了她一眼，然后低头对布劳顿夫人说了什么。他们似乎在商量什么事情。

　　过了一会儿，布劳顿夫人似乎终于想起波津子似的又折返回来，同时鹅蛋形的脸上露出喜不自胜的兴奋。

　　"山根夫人，今天我想请那位青年带我到处转一下，所以就不麻烦你了。是回酒店吃饭，还是去购物，你随意吧。"

　　她用优雅的英语告知波津子。

　　"这样啊。那我回酒店等您可以吗？"

　　"你不用等我。我今天没事找你了。……那位青年，在日本好多年了，对金都（京都）很熟，说是知道很多适合美国人的餐厅。"

　　"那我就先告辞了。"波津子说完又急忙问道，"那您明天怎么安排？还是继续咱们之前的行程吗？"

　　"当然还是麻烦你。……明天上午十一点你还是到酒店大堂等我吧。"

　　松树那边，青年遥遥地向波津子点头致意。

　　波津子回到酒店吃了迟来的午饭，仍然是日本旅游翻译协会提供的折扣工作餐。

　　布劳顿夫人和那位青年在平安神宫的庭园相遇真的只是偶然吗？波津子转动着叉子思忖着。布劳顿夫人到酒店连茶都没喝，午饭也没吃（她绝不是那种饭量小的人）就径直去了平安神宫。游览时就连朱红色的古典建筑也看得心神不宁，急着去后面的庭园。在庭园里她东张西望，像是在寻找什么。而在池畔发现青年时，她的行动又那么迅敏。所有这些都很难让人相信他们只是意外重逢。他们是不是在列车上就已经悄悄约好在那里汇合呢？

现在的两个人大概正一起在哪里漫步吧，他们的身影浮现在波津子眼前。也许此刻布劳顿夫人的手正搭在男人的手臂上，同那位比她年轻许多的青年步履轻盈地走在异国街头。这回她应该会一心一意地倾听他所说的话吧，甚至还会一边欣赏风景，一边愉快地提出各种问题……

波津子似乎忽然明白了自己这位客人心情抑郁的原因。她一个人来到日本旅行，感到很孤独。初次旅行的不安和戒备让她锁上了自己的心，所以她一直表现得面无表情。一个有着漂亮英式发音的美国人，却不愿意与人交谈，而在语言可以抵达的路上畏缩不前。这时，那位美国青年出现了，并提出愿意为她效劳。面对年轻帅气的青年，布劳顿夫人敞开了心扉，随之陶醉于一种迷人的欢快中。

没和青年约在酒店见面，波津子认为布劳顿夫人还是明智的。当然他们也还没熟到让对方直接来酒店见面的地步。他们不过是在来此的列车上萍水相逢而已，偶然遇到然后不得不分开。她生活在保留有英国传统的环境中，不可能行为举止毫无分寸。况且，她已有丈夫。

但是，波津子继续想到。布劳顿夫人获得了自由，而且这自由里还裹挟着些许浪漫的气息，这样不也挺好吗？也许开食品加工公司的丈夫对她缺少热情。以工作繁忙为借口，让妻子独自去东洋旅行，从这里两个人的关系也可以略窥一斑吧。由此看来，妻子对丈夫和家庭或许早就心怀不满，一天一天落寞度日了。

想到这些，布劳顿夫人那僵硬的表情似乎也舒缓下来，变得生动活泼，尽管因此优雅的脸庞多少俗气了些，但她更爱笑了，更饶舌了，这些变化波津子都想祝贺她。波津子年轻时就一直期待独自去国外旅行，她也希望自己有朝一日能够实现。尽管山根也一直说，"你随时都可以去"。

和布劳顿夫人分开后，波津子去了河原街一带。她先是去书店买了两本书，之后又去了美术馆，最后才回到酒店。虽然有旧友嫁到京都，但她现在已经没有心情和对方联系。

波津子晚上九点就上了床，入睡前她还在想，不知道布劳顿夫人是否已经回了隔壁房间。

第二天她早晨七点就醒了，本想趁着空气清爽去南禅寺一带散散步，结果刚打开门来到走廊，正撞见那位有着浅棕色微卷头发的青年从隔壁房间出来。

两人都不曾想到会发生这一幕，而尴尬已经难以避免。波津子无法逃回房间，只能屏气凝神靠门站着不动，青年则对她耸耸肩，系好上衣纽扣，步履自然地消失在走廊里。

隔壁房间鸦雀无声。

8

十一点三十分钟左右，布劳顿夫人才坐电梯来到了酒店大堂。

波津子其实此时极不情愿看到她的脸，因为她感到自己面红耳赤，心怦怦跳。等到她硬着头皮迎上去，却发现对方俨然一副泰然自若的样子。

"让你久等了。"

布劳顿夫人的声音张弛有度。她的脸上生气勃勃，显然已经做好了外出准备，略浓的眼影和口红可以看出出门之前经过了精心打扮。她的眼睛里熠熠生辉，金色的头发看起来齐整有型。

"今天我想一个人在附近逛一下。即便迷了路我也知道如何回到酒店，所以你不用担心。而且我觉得即使走错了路也是一件有趣的事，因为这样反而更能了解日本人平时的生活。所以，你今天的时间也可以自由支配。"

她说的是富有格调的英语。波津子没有问她，不要紧吗？因为这会让她看起来愚不可及。她只是垂着眼睛说，好的。这场景让她莫名想起了电影里女仆回答"Yes, madam"时的场景。

波津子剩下自己一个人后忽然有些想哭。她感觉自己仿佛被这个女人和青年愚弄了。她想直接坐上列车返回东京。就算是国外的仆人面对这种情况，此刻大概也会摘下围裙摔到地板上吧。

但是，波津子还没有被布劳顿夫人宣布解约。她的合同是同旅行社签的，日本旅游翻译协会还为她做了资格担保。自己不能自作主张。即便是临时导游，如果这么明显地放弃任务，也会给其他人添麻烦吧。

而且——冷静下来后波津子思忖。布劳顿夫人似乎还不知道青年从她房间出来时被自己看到了。青年之后没有再回来，布劳顿夫人或许要等到同他见面以后才会听他说起。也正因此，早上在酒店大堂遇见时，她才能泰然自若到让自己汗颜吧。

既然如此，那问题自然就在于下次见面的时候。一想到此，波津子的心脏又扑通扑通跳起来。届时自己要如何应对布劳顿夫人的羞愧呢？还有如何摆脱那个场面呢？

在布劳顿夫人孤独的日本之旅中，抚摸她侧颜的并非浪漫的微风。她突然被卷入了狂热的风暴。波士顿的良家夫人应该继承了英国家庭的保守，但她虽然拒绝了年轻人通过前台正式拜访，却在夜半时分如同把野猫放进房间一样，从门缝把他唤了进来。她当时一定先确认好了走廊没有人，听到隔壁房间客人睡熟的鼻息，然后才让年轻男人偷偷溜进了房间。是青年让她如此做的，还是她主动引诱了他不得而知，但这一定是他们昨天白天在平安神宫的庭园见面后，在京都街头徘徊时约好的。

波津子有太多理由指责布劳顿夫人。背德、不伦、狡猾、厚颜无耻、不洁——甚至可以把所有轻蔑的词语一股脑都丢在她身上。而且，自从早晨亲眼看到青年从她的房间出来，波津子五脏六腑中都涌动着这种厌恶，现在也是，但奇妙的是这种情感正越来越淡。

布劳顿夫人那忧郁到会让人误以为装腔作势的冷冰冰的态度，对任何事情似乎都提不起兴致的表情，让人难以接近的寡言少语，现在似乎正在迅速土崩瓦解了。她现在脸上洋溢着令人感动的生气，嘴唇欢喜地忙个不停。而这些天真的变化，无不源自她迟来的幸福感。

波津子恍然发觉，布劳顿夫人最开始表现出的冷淡，让人无所适从的难以取悦，不愿意先同他人开口的固执，不愿意倾听他人的姿态，其实也正是她自己对丈夫山根的态度。不仅仅是对丈夫，不，对丈夫尚且如此，更不用说对别人了。只是，面对别人时会努力做到不失礼数而已。说白了，这些都是因为她的内心没有真正的喜悦，没有被爱情填满的空虚。她自己对此也不知道如何是好，甚至有些厌恶自己——假如，在她以外还有这样的人存在，哪怕只是一瞬间，如果她能够品尝到人生的喜悦，自己也愿意祝福她。自己终归是做不到像她一样。所以如果有这样一位和自己毫无二致的人存在的话，自己会尽可能帮助她达成心愿……

波津子终归无法像自己的挚友杉田幸枝那样活着。她的身上有自己性格里没有的东西，因此自己只能远远地羡慕。就连以治牙为由、从附近省市和朋友一起来东京呼吸自由空气的工程师夫人那种单纯的逃避行为，她都无法做到。

　　想到这些，波津子对布劳顿夫人的愤怒和轻视也逐渐淡了
下来。

　　这一天波津子都没看到布劳顿夫人。她自己去洛西的各间寺
院溜达了一圈。所到之处都有很多外国游客，但却没见到布劳顿
夫人和青年的身影。

　　她一个人吃完晚饭，早早就回了房间。隔壁房间的布劳顿夫
人似乎还没回来。她翻开书，但书上的铅字只幽幽地浮在眼前，
内容完全读不进去。波津子睡前吃了在街上买的安眠药，然后关
了床头灯。平时她并没有吃安眠药的习惯，但这天不知为什么却
忽然想买点儿。

　　第二天早晨，波津子醒来时已经十点多了。她吃了一惊，慌
忙洗漱收拾，不知道是不是安眠药的药效未过，她感到头昏昏沉
沉的，像是有些低烧的症状。她想着照一下镜子，却从中看到了
一张暗淡无光的脸。

　　波津子现在很害怕敲响隔壁房间的门。她想着等布劳顿夫人
先联系她，不过却久等不来。隔壁房间那沉重的空气仿佛都渗到
自己房间来了，这让她坐立不安。走廊里的女服务生来回走着，
开始打扫房间。波津子横下心拿起房间内的电话，女人熟悉的声
音马上传了过来。

　　"早上好，布劳顿夫人。您接下来有什么打算？"

　　对方没有立即回答。沉默的时间太长了，波津子还以为对方

没听到自己说话。

"早餐我已经在房间吃过了。午餐你自己随便吃些吧。"布劳顿夫人的声音听上去无精打采。她说吃过早餐了，看来应该起得很早。

按照计划，两人需要在十一点前退房，坐车绕洛北一圈，之后乘坐下午两点三十一分的超特快列车返回东京。

波津子在电话里重复了一遍今天的行程安排，不料布劳顿夫人却很快回复道："今天的观光取消吧。酒店这边也麻烦你延长下时间。"这位奉行利己主义的女人，竟然要支付昂贵的延时费待在房间里，似乎发生了什么事情。当然，和那位美国青年有关吧，不过从电话里的情形判断，房间里现在似乎只有她自己。

"我们必须在下午两点十分前到达车站，所以最好能在下午一点四十分左右从酒店出发。"

波津子叮嘱道，对方只是说了声知道了，就挂了电话。对方就在隔壁，但现在两个人却只能通过电话交谈，这种感觉实在奇妙。

波津子接下来的时间无从打发。这段凭空多出来的时间说长不长，说短不短，远的地方去不了，最多只能在附近散散步。考虑到布劳顿夫人的"事情"，自己又不能在酒店里瞎逛，于是波津子去外面吃了午饭。她在南禅寺前的一家小吃店里吃了汤豆腐，如果布劳顿夫人没有那件"事情"的话，波津子本打算带她来的。究竟那位青年发挥了怎样的"京都通"，拉着她转了两天呢？

等午后一点多回到酒店时，波津子从酒店大堂打了电话。电话另一端立刻传来了布劳顿夫人的声音。

"马上就到出发的时间了……"波津子说完，布劳顿夫人又一次陷入了沉默。

"我想在酒店再待一段时间。"她的声音听上去有些焦躁。

"这样就赶不上火车了……"波津子很意外。

"没有办法，我们要不坐傍晚的火车吧，对，就坐晚上七点左右的火车吧。"

布劳顿夫人说完，又一次先挂了电话。波津子感到很无奈，却又不能直接去客人房间问她究竟出了什么事情。

9

等到下午五点半左右，波津子再次从酒店大堂给布劳顿夫人打了电话，这次电话那头的语气明显软了下来。

"能不能坐再晚一个小时的火车？"

"但那样回东京就太晚了，而且特快列车的乘车券也用不上，还不知道能不能订到座位。"

客人明显并非缺乏常识，而是发生了什么特别的事情。

"我去您那儿再说吧。"波津子下定决心说道。

"嗯……"对方的回答很勉强。

波津子走进布劳顿夫人的房间时，她正颓然地坐在房间的靠垫上，面色苍白，眼睛神经质地盯着房间里的电话。在她旁边，双人床已经整洁地铺好了床罩。波津子忐忑地走到她面前。

"您怎么了？"

布劳顿夫人咬着嘴唇，眼睛望向别处。

"他没有来。"

她的声音颤抖，显然是在说那个青年。

波津子没有说话。她不清楚具体发生了什么，只是安静地望着她。能看得出来布劳顿夫人一早就化好了妆，但现在妆已经花了，露出了粗糙的皮肤。金色的头发也乱蓬蓬的。很容易推测她从上午开始，就这样一直坐在椅子上。

"他说几点来？"言语间波津子有意没去问究竟发生了什么。

"他说上午十点来房间找我。"

"已经过去八个小时了。这中间他没有打过电话或者通过其他方式联系你吗？"

"没有。我就一直这样等着他。"

"那人现在住在什么地方？"

"说是 R 酒店，但我给那家酒店打了电话，可他们说压根儿就没有叫这名字的人住在那里。"

布劳顿夫人原本娴熟优雅的英语此刻彻底失去伪装，露出了本来面目的美语。她越说越激动，言语间还混入了一些俗语。

说和他约好，那应该是非常重要的约定吧，从她慌乱的样子也可以察觉一二。

"酒店没找到的话，那您知道他在东京或者其他地方的住址和电话吗？有没有名片之类的？"

"他没有给我名片。但他自称亚瑟·汉森，还告诉了我他东京公寓的电话。这个电话我也打过，但管理员说没有这个人……已经超过八个小时了。我一直在房间里，像奴隶一样被绑在电话旁，可那家伙却毫无音讯。我被那家伙骗去了整整两千美元啊！"

"两千美元？"

波津子终于接近了真相。布劳顿夫人将两千美元借给了一名自称亚瑟·汉森（这名字也一定是随便起的）的青年。他们约定

了还钱时间，但约定时间已过，青年却彻底消失了，无论他留电
话的酒店还是公寓都说根本不知道有这么一个人。

　　"我被骗了。那个男人说他出生在科罗拉多州的丹佛。我以
前曾去那里的落基山脚下避暑，所以感觉和他很投缘，就相信了他。
他说自己是贸易商，来金都做生意，因为临时想进些货，还差两
千美元现金，所以想问我先借一下。他说今天九点就能去银行取
东京来的电汇，十点前一定能把钱给我送到酒店。因此，我不仅
把钱借给了他，甚至连借条都没有写。"

　　波津子眼前浮现出那个浅棕色头发的青年在松树树荫下向自
己微笑的情景。虽然再明显不过布劳顿夫人被骗了，但波津子仍
然试着安慰她："也许他有什么事耽误了呢。要不要再等等？"

　　而此时此刻，等待她们的只剩即将到来的末班车了。

　　布劳顿夫人彻底抛弃了之前的扭捏作态。她不停地哭喊着，
对骗子亚瑟施以所有恶毒的诅咒。她已经放弃了使用温文尔雅的
英语，而改说着一连串充斥着低俗的情绪化的美语。她优雅的鹅
蛋脸也已扭曲，眼泪止不住地流着。她不时吸着鼻涕，大嘴巴里
积了好多唾液。她原本璀璨夺目的装扮，以及她三十二岁的年龄，
都让眼前的她给人一种丑态百出的感觉。

　　所幸，她们最后还是买到了两张座位相邻的车票。在最后一
班返回东京的超特快列车里，萎靡不振的布劳顿夫人给人一种可
怜兮兮的感觉。她已经不再诅咒亚瑟了，只是用手绢遮住红红的

鼻子轻声啜泣。她旅行中难得的浪漫，最后却只能以残忍的心碎来收尾。

"布劳顿夫人，您想过设法把那个骗子找出来吗？那样也许还能追回一点儿钱。"波津子轻声问道。

"还是算了。"布劳顿夫人用力摇着头，"请不要告诉警察。这种事要是被我丈夫知道就糟了。再说这样的屈辱我也不想让任何人知道。山根夫人，也请你为我保密，即使对你丈夫也请不要说。"

事到如今，布劳顿夫人已经顾不得羞耻和颜面来请求波津子。她现在彻底成了一位庶民的老婆，后悔玩这种见不得光的游戏。

"我当然不会对别人说。"

"谢谢你……我的钱不够了，所以香港和曼谷我也不去了，我打算直接返回美国。"

在东京站分别时，布劳顿夫人付清了波津子的导游费。不过她解释说因为担心余下的钱不够，所以没有办法再付小费给波津子。

波津子坐出租车回到家时，已经过了午夜十二点。大家都睡了，山根于是起来给她开门。

"这么晚啊。"山根睡眼蒙眬，等波津子进了家门，跟在波津子后面追问道，"京都怎么样？"

"没什么特别的。"波津子敷衍道。这种面对丈夫的不高兴让她一下子想起了布劳顿夫人遇见亚瑟前惯常的态度。

过了大概两周后，一个自称R市某工厂的男人忽然来找山根。后来波津子也是听丈夫偶然提起，她还记得丈夫当时无忧无虑地笑着。

"那个来治牙的莫名其妙的美国工程师的老婆，叫什么吉恩·康威尔的……她丈夫说想知道老婆的蛀牙究竟有没有必要花费如此长的治疗时间，所以让工厂的人悄悄来打听一下。嗯，我就随便应付了一下，丈夫好像对太太的行踪起了疑心。说起来，也有段时间没看到这个女患者了。"

波津子眼前忽然浮现出这样一幕场景：一位浅棕色头发、蓝色上衣加灰色裤子的高个青年，在深夜不经前台允许径自走进了康威尔夫人入住的首都大饭店。不过，这大概只是她因联想生出的幻想吧。

过了两天，旅行社又打来电话说有一对美国夫妇在寻找翻译和导游，问波津子是否感兴趣。波津子说自己想休息一段时间，于是当场拒绝了对方。

新　生

1

三个月前，桑木因胃癌在一家专科医院的内脏外科做了胃切除手术。

之前桑木和大部分癌症患者一样，没有感觉有什么疼痛或者不适。只是从半年前开始，他日渐消瘦，脸色也越来越差。他是位日本画画家，从春天到夏天一直在准备秋季画展，并为此画了三幅大的作品。因此他一心以为自己是累到了，尤其今年的暑热，让他的身体很吃不消。

他以前从没出现过这样的情况，还以为是过了四十岁后身体就吃不消了。不过，或许还因为他这两三年来终于得到了画坛认可，因此有意连续创作了几幅大的作品，才积劳至此。桑木画的虽然是日本画，但他的画通常和西方绘画一样大，一幅约有 1.8 平方米，在上面涂以岩彩，而且有别于西洋画，还要表现日本画线条的细腻，因而格外劳神费力。他的画风以日本画的传统手法为基石，又导入了西方绘画的厚重感。

由于被画坛前辈和评论家寄予厚望，他自己也渐渐生出希望，进而有了野心，此后他的画大都以大幅作品为主。桑木有两三位竞争对手，太在意对手也让他的工作超出了身体负荷。完成画展的展出作品后，明明知道自己已经体力不支，但他还是接受画商委托又画起了个展作品。

也正因此，他把自己每况愈下的身体状况都归因于工作。

"插画那边，还是拒绝了吧？"妻子孝子劝他。

桑木五年前和三年前为一家知名出版社的小说类杂志各画了一年插画，他已经答应从今年夏天起再为他们画上一年。画插画对目前的他而言可谓有弊无利，这次他本也想拒绝，但五年前的润笔曾帮他填补了不少拖欠的颜料钱。因此，他对编辑一直心存感激。

他的责任编辑名叫高冈雅子，是一位二十六七岁的女性。脸很小，虽然绝非美女，但在画家眼中，她的衣着精致，尤其得宜的色彩搭配显出一种别致的美感。言谈举止干脆利落，又不失女人的含蓄。头脑敏捷，而且富于知性。桑木此前认识的女性大都是缺乏常识的女画家或模特，因此高冈雅子对他来说的确很新鲜。然而，他也并非因此就迅速拜倒在高冈雅子的石榴裙下。他们是完全不同世界的人，况且她还有丈夫。

"一遇上高冈小姐，你就强硬不起来了。"妻子看桑木对她的劝告犹豫不决，略带揶揄地笑道。

不过，高冈雅子和他的妻子也很要好。高冈雅子等他插画完稿的间隙，或者他耽于其他工作在画室里无法出来时，妻子就陪她在客厅聊天，她们由此日渐亲密。但她和自己的妻子聊天时，似乎一直都在迁就孝子。而当桑木和她谈工作或者聊画的时候，每当妻子插进来，雅子的言语神态马上就变得不一样，她和孝子说话时两个人就像是闺蜜在聊家常。

桑木的妻子出身于平民家庭，她不喜欢晦涩的话题，也不懂，对丈夫绘画上的事更无深刻的见解。这倒也无所谓，不过看着高冈雅子一味附和妻子，两人不时为无聊的事哈哈大笑，桑木实在无法不对雅子心生佩服。

杂志社的女编辑因为工作需要在各有怪癖的撰稿人之间周旋，还要同其家人打交道。也因为女性这个特殊身份，尤其要对对方的妻子颇费思量，所以雅子应该早就修炼出来了吧。听说有位知名学者的妻子，绝不让女编辑进家，丈夫要到门口同其站着说话，因此看到高冈雅子如此游刃有余，桑木很是钦佩。不过高冈雅子八面玲珑的处事方式，却丝毫不会让人不快，也完全看不出她是在刻意地迎合妻子，她总是能给人一种自然和清爽的感觉。妻子也喜欢她。桑木觉得虽然同是女编辑，但她应该是特别聪明，或者说非常机敏的那种。

当妻子劝他拒绝出版社的插画工作时，桑木没有点头，既是因为自五年前便建立起来的交情，也是因为不想因此而让雅子不快。即便自己的身体状况稍微差些，任务也总还可以设法完成。

插画这份工作，以此为业的人先不论，稍有接触的人就会发

现它出乎意料地烦琐。桑木认为画插画可以让画坛不断看到自己
的作品，所以一直在进行各种不同的尝试。尤其他三年前为出版
社创作的插画大受好评，所以这一次杂志社的总编等高层和高冈
雅子一同，或者说被她带着来找桑木请求再次合作。

　　五年前刚开始创作插画时，也是雅子最先看到他完成的作品，
并对其赞赏有加，她当时的评论也都绝非泛泛之谈。桑木给她看
画室里其他普通的画，她的见解甚至比那些不知所云的评论家更
能一语中的。桑木还听说，五年前开始关注他并在编辑会议上提
出请他画插画（那是一位大家写的小说）的正是雅子，而当时他
还不为人所知，不过是个看不出能有何出息的画画的。这冒险在
她的力主之下顺利通过，大概既是因为她在编辑部颇具影响力，
也因为她足够伶俐吧。

　　最开始桑木曾为浅墨色的设计效果和印刷后的实际效果不同
而苦恼，这些关于制版技术方面的问题，雅子都一一询问印刷厂
后转告给了他。桑木并没有拜托她做这些，都是雅子主动在做。
桑木给插画界带来了新风，甚至引来一些插画家争相效仿。不过
他的这些新意里，其实也吸收了不少雅子极其委婉的意见。

　　但五年前和现在相比，无论是桑木的工作量还是其作为画家
的地位而言，都不可同日而语。即便是三年前，要在每个月原本
的工作中插入三幅插画，都让桑木感到既烦琐又痛苦。画画正到
兴浓时，却要插进一幅插画来，这时的心情就像窗明几净的屋子
突然混进了满是尘埃的异物。虽然只是插画而已，但一旦开始就
不能敷衍，有时甚至比自己原本的绘画创作还要辛苦。很多人都

会看杂志，画坛的人也会读。如果画得不好，可能有人冷笑，什么啊，这家伙还画插画。桑木想用自己的作品还击他们。而且他也在意自己的对手，这位最近声名渐起的画家，世人对他的插画也充满了兴趣与好奇，所有这些，他都想用自己的作品来回应。

其他杂志社也曾提出请他画插画的请求，他当然都回绝了。一家尚可勉力应对，但两家或者更多对他毫无裨益。不过从结果来看，自然而然变成了他在报答高冈雅子，而雅子也对他感恩戴德。

三年前，他为出版社创作的插画好评如潮。与此同时，他辛苦创作的展会参展作品也斩获了最佳作品奖。

连续创作大尺寸作品带来的疲劳久久无法消除，桑木的脸色和体重都没有恢复如常。他越来越没有食欲，下腹总感到沉闷。桑木向来对自己的胃肠很自信，所以他认为这只是劳累过度罢了。

吃过胃药，补品也买了不少，但他毫无起色，脸色也一直不佳。他不仅没什么食欲，而且对食物的喜好似乎也不同于从前了。妻子孝子说，这应该是年过四十，身体发生了一些明显的变化。

几天后，桑木被一家美术杂志拽去参加座谈会。座谈会在一家酒店举行，到场的嘉宾除了先前已经熟识的美术评论家外，还有以绘画爱好者身份出席的一家医院的院长，这位院长当时就坐在桑木旁边。每当桑木开口，这位院长都凑过头来听。开始时并没有这样，但座谈进行到中途，院长开始频繁地出现这个动作。

尽管现在很多医生都喜欢画，但绘画爱好者对画已经感兴趣到这种程度了吗？桑木对此感到十分疑惑。

过了三四天，这本杂志的编辑来桑木家送稿酬。他转告院长的话，说桑木先生怕是胃不太好，最好能找合适的医生看一下，当然自己也可以帮他检查。原来这位院长是内脏外科方面的专家。编辑很委婉地说，当时院长在旁边一直无法忽视他的口臭。原来那位医生不是对画热心，而是在闻自己的口臭，桑木听后感到有些不快。

但他心里也为此一惊。父亲六十一岁时死于胃溃疡。桑木一直怀疑父亲得的是胃癌，曾多次跟医生确认，可当时负责治疗父亲的老医师却坚称不是。那时他们住在乡下，考虑到医生在当地的信誉，桑木就此作罢，但对胃癌的疑虑却遗存至今。

他虽然知道胃癌不会遗传，却也知道如果有近亲患过胃癌，也就说明他自己的体质也易患此病。他不自觉地把对亡父病因的疑虑和自己现在的感觉联系了起来。当然他还没有癌症的自觉症状，但胃部沉重，没有食欲，日渐消瘦，这些会不会也是一种自觉症状呢？难道说他的癌症为时已晚了吗？他越想越不安。医生在旁边就能闻到自己的口臭，这也说明癌症已经发展到很严重的阶段了。

2

桑木由那位院长亲自手术切除了半个胃，住院一个月后才回家。

手术前，院长曾明确告诉他得的是癌。他拍了 X 光片，做了胃镜，X 光片显示他的胃靠近小肠处有些锯齿，医生解释说这如虫噬般凹陷的地方就是癌发部位，借助胃镜上的工具，医生切下了病发部位的部分组织做了病理检测，结果也证明确实如此。听说此处一直都是癌症的多发部位。

院长信誓旦旦地说癌症现在还没有扩散，只要切除病发部位就绝对不会有问题，不用担心。其实桑木忧虑的也正是这点。不过既然院长对自己的癌症毫无隐瞒，那相信他说的没有扩散也一定是真的。假如手术无望治愈，医生一定会用其他病名蒙混过去，而不可能刻意去打击当事人。

然而院长也说，因为你是艺术家所以才对你直言不讳，没有对你隐瞒癌症的事。但桑木知道，这不过是院长高看自己而已。当他得知自己患的是癌症时，只觉得眼前一黑，四肢无力。在喜爱美术的院长面前他还能勉强故作镇静，但一回到家整个人都如同虚脱了一般。因癌症去世的前辈和熟人的面孔，也开始在他的眼前不断闪过。

桑木不想现在因为癌症倒下。他认为如果自己现在死了，无疑就是认输。虽然他并不清楚打败自己的究竟是谁，也许是竞争对手，也许就是自己。不过或许因为死亡的裂缝突然出现在脚下，他才会想到一些平日不曾想过的问题。桑木好不容易才获得画坛瞩目，正是大显身手之时，然而却就此倒下，实在让人觉得懊恼又可悲。年过四十而死，哪位后人都不会称自己为天才，当然自己也实在还没有留下可以被称为天才的作品。估计大家只会说一个有点儿天分的家伙早早死掉了吧。无疑也会有竞争对手，对于自己的死暗里拍手称快。

自从被宣告患了绝症后，桑木之前反复思考的新方向鲜明地浮现出来。事实上，这个设想初次出现时，他曾经兴奋得两三天都没睡着。之后他一直沿着这个设想继续思考，而此前还模糊的想法也慢慢变得异常清晰起来。这或许是因为他自从得知自己大限将至，心情突然沉重起来，而神经的感觉也随之变得更加敏锐了。若是能将自己的新设想在作品中呈现出来，他相信肯定能大获成功。甚至就连颜料的色彩桑木都已经想好了，那是迄今为止从来没有人尝试过的配色。

桑木的雄心壮志如奔流的江水般在体内涌动着，可是只要一想到自己时日无多，还要住院一段时间，而且会渐渐丧失体力，可能连一幅画都画不了，他的野心瞬间就坍塌了。于他而言，要想问鼎画坛必须要有巨作。

明明清楚地知道一定能成功，而且自己在画坛的地位也会一

跃而起，将世间盛名尽收囊中，如果就这样倒下，桑木实在不
甘心。

死亡的阴影越来越重。桑木很清楚，要想再活上三年遂此大志，
恐怕已是无望。

临住院的五天前，桑木向妻子交代了他死后如何处理他画室
的画。画得不好的拿到院子里烧掉，多少还能入眼的届时可以交
给画商。不过，即使他自觉先前画的还算不错的那些画同他现在
思考的方向相比，也不过是些落寞的泛泛之作。他深觉心中野心
之作的出色，却又为这么出色的作品无法完成而感到懊恼。

整理微不足道的一点儿资产，处置信件及日记，选择日后分
给大家留作念想的物品，桑木一边准备着自己的后事，一边感觉
到人生尽头的场景历历浮出水面。桑木发现似乎有另一个自己正
站在一旁，茫然地望着他做这些事，仿佛面前站着已经避之不及
的杀人犯一般失去了气力，而且越来越衰弱。

孝子和周围人都说桑木对自己的生命陷入绝望是因为他太过
敏感和脆弱，他自己有时也这么想。事实上，得了胃癌却活下来
的人并不少。可是，桑木觉得那些都是幸运儿，要知道手术后死
亡的人更多。桑木从来都觉得自己运气不怎么好，参加很小的赌
博迅速告负；抽奖从没中过；记忆里幸运女神从未眷顾过自己。
自己同幸运无缘，这次也不见得能活下来。好不容易创作有了新
突破，却不幸患上癌症，似乎也恰恰证明了这一点。桑木很早以
前在夏目漱石的小说《心》中，曾读到过画家渡边华山为画《邯郸》

而将自己的死期推后了一周。他当时本想查一下是否确有其事，却一直拖延至今，现在隔了这么久又再次想起来。这个故事大概是想强调华山对绘画异常执着吧，但华山是自杀，他若想延长死期，无论一周还是一个月都随他。可如果知道自己患的是绝症，华山恐怕也无能为力。华山在自杀前绘制了闻名于世的《卢生睡梦图》，他尝试着在山水画中纳入西方绘画的透视法。

　　然而，即便华山暂且不提，自己单凭一幅作品也无法实现预期中的成功。要想确立新方向，需要无数次的反复尝试。也只有历经各种迷途之后，才能抵达最终的目的地。而成功绘制出可以得到画坛认可与世人瞩目的作品，少说也得有十几幅底稿做奠基。岂止一个月，至少需要三五年时间。中江兆民患咽喉癌被医生宣告死期后，曾写下后来轰动整个日本思想界的《一年有半》及其续篇。但华山和兆民都是已有所成的人，临终前完成的作品也像是给予世人的额外奖励。而像自己这种人，又哪里可以做到这种地步呢。

　　熟人和朋友都安慰鼓励他，说既然医生明确告诉他所患的是癌症，而且断言没有扩散，保证可以治愈，那就不用担心，但桑木信不过别人嘴上的话。不过孝子看着他安排后事，不仅未曾露出悲伤的神色，反而认为他如此郑重其事太过夸张。她并非那种常能见到的为鼓舞病人不惜说些善意谎言的人，而是敢于表达自己真实的内心感受。也就是说，孝子因为对医生的话深信不疑，所以从行动到感情上都并未站在懊恼的丈夫一边。

　　记有华山逸事的夏目漱石的《心》里，桑木还记得有这样一
句话（他喜欢这部小说，现在书上的一些片段仍会时常在脑海里
浮现）："你还没有认真思考过死亡吧。"桑木想把这句话抛给
妻子和熟人。你们这些人，我要死了这件事你们从来没有认真思
考过吧——这种时候，或许把妻子和熟人混为一谈并不合适，但
面对他的病，他死亡的概率，他感觉妻子的关心程度和其他人是
一样的。然而，从前自己也是这样对待别人的，所以不能指责他们。
孝子如果得了同样的病，自己同她现在的态度相比会更好吗？死
亡终归只会降临在本人身上，因此"认真思考"的也只有当事人吧。

3

　　距离第一次诊断十天后，桑木于上午十点在同一家外科医院
做了手术。手术前五天他连续做了各种烦琐的精密检查。手术前
一晚，他看着医院窗外的街灯想，也不知道自己还能不能再看到
窗外的风景。胃切除手术第二天上午开始，实际上只用了三个小
时就结束了。麻醉前，他还是努力选择了信赖医生，相信如医生
所说癌细胞尚未扩散。然而，他同时也有种强烈的不安，自己的
死也许会因为这场手术成为决定性的事实。就连麻醉后的昏睡，
仿佛也变成了死亡的提前预演。

桑木醒来时发现已是夜里。透过薄薄的窗帘他看到了电灯的灯光，但后来才知道自己正身处隔离中的重症监护病房，这里昏暗的电灯无论白天夜里一直开着。而薄薄的窗帘其实是用透明塑料在患者头部周围搭制的简易氧气篷。三四位护士的白衣隐约在周围飘动。另外还支着几个氧气篷，可以看到其他躺着的患者。或许是麻醉药效未过的缘故，桑木感到大脑一片混沌，不过他从自己正躺在如此怪异的病房里，知道手术已经结束。刚恢复意识时他还没感觉有什么异样，但现在只要稍稍动下身体，腹部就会产生剧烈的刺痛感。不是腹腔内，而是皮肤如同撕裂一般。他现在两个鼻孔都插着长长的管子，双腿则被什么东西绑着。

听到他的呻吟声，护士点亮手电筒从塑料篷外看他。"别动。"护士说。又问："难受吗？"

桑木记得自己是上午十点上的手术台，没想到自己醒来后已经到了夜里（他以为此时是在夜里），照此看手术相当耗时。他觉得这不是坏事。据说医生如果打开患者的肚子，发现对癌细胞的侵噬已经束手无策，会直接把肚子缝上。若是那样，手术时间会极短。

医生切除了桑木胃部的肿瘤，剩下就是癌细胞是否扩散的问题。胖院长说的话是否属实以后才能知道吧，桑木闭上了眼睛。"有事的话您就摇一摇这个。"护士在他枕边放了一个小朋友玩的摇铃，然后笑着说，"就当找回童心吧。"他没有看到医生的身影。

桑木闭上眼睛没一会儿，耳边就再次传来了护士的声音。"桑木先生，您的家人来了。"他睁开眼睛，发现妻子和自己上初二的儿子正凑近了脸在氧气篷外站着。

"手术很顺利。"孝子笑容满面，"胃切掉了一半。医生放在弯盘里给我看了，有癌的地方非常小。医生说要是再发展，肯定会扩散到其他部位的。"

孝子的声音听起来似乎并不怎么激动。她素日就是一个不怎么情绪化的人，因此反倒让人觉得诚实。桑木虽然感觉此时妻子汇报工作般的语气有助于他判断事实，但妻子寡淡的态度还是让他觉得少了点儿什么。

手术后第三天，桑木终于再次燃起了生活的希望。他开始相信自己活下来了，院长也夸耀般地告诉他手术很成功，而且确认癌细胞没有扩散。

"你这次非常幸运。要是再晚来医院一点儿就会很麻烦。我们再三确认过了，你的癌细胞绝对没有扩散，因此只要切除病患部位就好，术后的放疗也不需要太久。"面色红润、头发花白的胖院长信心十足地说道。

被院长说幸运，桑木有一种奇妙的感觉。他以前一直认为自己同幸运无缘，甚至面对癌症已经断了活下去的念想，然而如今看来他还是有些运气吧。不过捡回一条命这么大的幸运能降临到自己头上，桑木还是有点儿难以置信。

不仅性命得救，就连自己一度绝望的工作现在也重新燃起了希望。今后他终于可以全力以赴完成自己的新构想了。

　　桑木躺着病床上，透过昏暗的灯光望着输液瓶里柠檬色的液体沿着软管缓缓流入自己脚踝的静脉，从中感受到一种久违的生命的充实。输液瓶里的点滴在这一刻变得比雨后自屋檐落下的雨滴还要悠长，似乎在告诉他今后的人生还很漫长，工作固然重要，但绝对急不得。他躺在阴郁、昏暗的重症监护室里，心却早就飞回了画室。然后，他的眼前又浮现出自己驾车外出写生时的情形。

　　四天后，桑木终于从昏暗的重症监护病房被转移到了主楼二楼的一间普通病房。那是个单间，从窗户洒进来的阳光刺痛了他的眼睛。窗边摆着好几束前来探病的熟人所送的花，这里缤纷的色彩同之前只有灰色墙壁的房间仿佛是截然不同的两个世界。桑木感觉自己仿佛刚从地狱归来。

　　"这是雅子小姐送的。"孝子指着一束卡特兰加康乃馨说道。花瓶不够，她从医院借了个大玻璃瓶暂代。

　　"雅子小姐说她根本不知道你住院的事，吓了一跳。"

　　本来和高冈雅子谈好了从夏天开始为出版社再画一年插画，但桑木还没告诉她自己要住院。他不愿意说那些不开心的事，而想看看手术后的结果，再决定是否明确拒绝她。

　　"她说手术那天给我们家里打了电话才得知，当天下午两点，她就来病房了。"

　　桑木想起来，那个时候他由于麻醉药的作用应该还是将醒未醒的。花一定是出版社送的，但肯定是雅子挑选的。看着卡特兰舒展着淡紫色的花瓣，桑木仿佛看到了悉心搭配颜色的雅子，心里顿时涌上一股温暖。

　　从昏暗如同洞穴一般的重症监护室出来，桑木感觉像是爬出了死亡的泥沼，同时他也意识到自己先前有些反应过度了。不过，他丝毫没有讨厌自己，反而沉浸在难掩的喜悦里。他活下来了，今后可以尽情地工作。任何野心和冒险也都可以在作品中尝试。他所拥有的时间，岂是华山的一个月和兆民的一年半可比的。

　　两天后高冈雅子来病房探望桑木的病情。孝子听到敲门声就走了出去，两个人在门口站着聊了一会儿。不过桑木马上就听出来是雅子的声音。

　　雅子身着一袭红色的西装套裙。领口披着深蓝色方巾，胸前的口袋里露出同色手帕。衣服的红并非朱红，而是明媚的绯红。深蓝色的饰品同整体的配色构成了强烈的对比，衬得她不够白皙的面庞更加粲然，很有一种紧致感。

　　"先生，我当时真是吓了一跳。之前去拜访时，您连一句都没提过生病的事。"雅子在床边眯着眼睛看他。比起一脸郑重时，她此时的笑容更加迷人，就连眼梢和嘴角都透着一种明快的娇媚。

　　桑木还无法自由活动身体。

　　"不过，刚才听夫人说手术很顺利，我就放心了。而且没有其他异样，这再好不过。"雅子是说他的癌症并未转移。

　　孝子正给客人冲茶，这间病房在拐角处有简单的炊具，从桑木的位置看不到那里。这是家老旧的医院，墙上已经污渍斑斑，涂料都脏兮兮的。不过病房却很宽敞。

　　桑木同雅子从来没有如此近距离地接触过。她明显和平时不同，特意换了色彩艳丽的衣服，也是为了能让病人心里更明快些吧。发觉这一点后，桑木蓦然有种冲动，想用指尖轻轻触摸一下她的脸或衣服。这个时候，厨房传了来杯碟的声音。

　　"答应帮你们画的插画，是从几月份开始来着？"桑木仿佛为了规诫自己突然产生的异样心理一样，突然转移了话题。

　　"六月末就可以。还有很长时间呢。在此之前您先好好静养吧，期待您再为我们画出好评如潮的优秀作品。"

　　雅子依然保持着一种礼貌的微笑。她历来说话的语气都是淡淡的。桑木不喜欢女人那种咋咋呼呼的说话方式，他喜欢安静一些的。不过，雅子说话也不是男人似的寡淡，其中有着女人的润泽。

　　"我们社长和总编都想来看您，但又担心会打扰您休息，所以就派我先来看看……您答应了帮我们创作插画，我们社长和总编都不知道如何感谢才好呢。"

　　相较于出版社的社长和总编辑，桑木显然更乐于见到雅子。

提起创作出能得到好评的插画，桑木也并非没有想法。同样是契合自己的新方向，桑木想试验性地画一幅。这件事他想同雅子聊一聊，但孝子在旁让他没了心情。总之自己思考的东西想以各种形式呈现出来。

孝子端来茶以后，雅子离开床边，坐到了原本为客人准备的长椅上。孝子和她并排坐下，两个女人聊了起来。

两人从桑木的病聊起，整个聊天过程中雅子都在附和孝子。像是邻里妇人站在后门闲聊一般，不过雅子一如既往善于应对各种话题，桑木对此钦佩不已。是因为她作为编辑自然而然学会了交际，还是已为人妻所以能够融入日常，桑木并不清楚，但附和着妻子的雅子给人一种很有涵养的感觉。而孝子还是她平日说话的样子。

相较于雅子，桑木觉得自己的妻子未免有些丢脸，不过他渐渐发现，躺在床上听两个女人在一旁聊天也并不是什么糟糕的事。还有，假如能娶像雅子这样的女人做妻子，不知道是会拘束憋闷，还是会得到工作上的帮助，桑木茫然地想着。这可以说也是他获得生命的喜悦之一。

过了一会儿，院长带着一位年轻的医生和两位护士过来巡诊。两个女人站起身，孝子随即走到了桑木的床前。

"你好，桑木先生，感觉怎么样？"护士撩开桑木的上衣，精神矍铄的胖院长并拢五根手指，在桑木肚子上轻轻按压。他的

肚子正中间有一条竖着的黑线，黑线左右皆以一排排相同的短线
缝合。住进医院后，孝子曾拿来镜子，想让桑木看看手术伤口，
但桑木只看了一眼就厌恶地移开了视线，因为他感觉那伤口就像
是拉链或者蜈蚣。现在雅子也站在孝子身后看着他，一想到会被
她看见自己如此丑陋的疤痕，桑木不免感到有些难为情。

院长给年轻医生看了看桑木的腹部，然后用德语小声说着什
么，像是在教他。桑木本来把脸转向一旁并闭起了眼睛，此刻他
轻轻张开双眼，视线却瞬间被雅子的脸庞吸引了。

桑木觉得很惊讶。院长在用德语同年轻医生说话，但雅子却
轻轻点了点头。他想，雅子难道懂德语吗？

4

桑木在医院住了近一个月，出院后马上去了汤河原。开始的
三四天，孝子一直同他待在一起。这种生活令他倍感无聊。如果
是在家里，因为向来如此，他也不觉得有什么，但在旅馆的三四
天两个人都不得不待在一起，加上居处逼仄，实在让人既郁闷又
拘束。汤河原这个小镇只有沿河一条主路，且以旅馆为主业，没
有什么可看之处。如果想散散心，最多不过爬上一座小山，用拐

杖翻翻土，找找此处出产的用黑曜石做成的石箭。其他人如果看到中年夫妇一起泡温泉，在小镇漫步，一定会认为他们彼此恩爱、家庭幸福吧，但实际上，当事人的心情却近乎空虚。也许世人艳羡的这些，于重获生命的他而言也不啻于一种奢侈吧。在医院第一次排气后喝下粗茶时，桑木一度觉得那简直是世间无双的美味。他当时还想等痊愈后至少在饮食上绝不要再那么挑剔，但什么都能吃后，医院的病号餐很快就不合他胃口了。现在和当时的情形颇为相近。他也曾和妻子一同品味大病初愈之后的喜悦，但他这种喜悦似乎很快归于平淡了。

孝子回东京后，桑木感觉终于解放了。和妻子在一起画都琢磨不了。他在家也习惯工作时不让妻子进画室，但在旅馆妻子始终近在眼前，让他无心练画。

画商从东京来看他时真是解救了他。胃变成一半后，他吃东西只吃一口，酒虽然医生说可以喝少许，但他心有余悸不敢喝。那位画商嗜酒，抱歉般拿着酒杯，跟他讲了一些画坛的消息，让桑木感觉既刺激又兴奋。

这家一流画商几乎将桑木的画一手包揽，桑木告诉总管等自己身体恢复后想画这样的画，并谈了自己的构想。"真不错，真不错。"对方连连点头，兴冲冲地说，"这一定能在画坛掀起一股旋风，您就放手干吧，有多少我们要多少。"桑木知道，这话里有一半是出于生意人的恭维，一旦新作完成，他们肯定会拐弯抹角提出各种要求，不过他此时的心情并不坏。桑木意气风发，他觉得即便刚开始创作时画商对他的新方向有什么不满，自己也一定能说服他们。

　　画商放下酒杯笑着说："先生，您要不要借此机会把当消遣的插画给停了？"桑木被戳中了软肋，反问道："为什么一定要停呢？"总管没想到桑木的反应如此激烈，有些吃惊，于是怯懦地辩解说那对先生似乎无益。桑木猜到对方会搬出这个理由，索性说道："虽然是插画，但我自己想怎么画就怎么画，绝不会遵照对方的指示或在创作方面有所妥协。你以为是消遣，我自己可不这么看。我希望通过插画学习素描和构图。或者还是你想说，画插画以后我的作品会贬值？""没有没有，怎么会呢，不过就一家杂志，没关系了。"画商含糊其词道。

　　然而，画商的话还是刺痛了桑木，他一脸不快，仿佛从画商的嘴里听到了画坛的人在背地里对他的议论。总管小心翼翼地唯恐再惹桑木不快，匆匆离去。

　　桑木眼前浮现出高冈雅子的脸。假如没有她，自己大概会接受画商的建议而停止再为杂志创作插画吧。无须别人说，他自己也明白这项工作对他委实没什么益处。

　　可是，五年前自己生活窘迫时，正是这家出版社提供的画插画的工作救了自己，一想到这一点，桑木就无法断然拒绝。三年前他为杂志社再次创作的插画好评如潮。那是他按照自己的想法画的，绝非要取悦杂志或者读者。也可以说，他因此才获得了成功，甚至后来模仿者层出不穷。出版社很感谢他。高冈雅子比谁都高兴。比起负责人为自己的业绩感到开心，她的欢喜似乎更多源于对方是自己亲密的人。桑木对雅子而非对杂志的情谊也由此而生。

　　然而，自己对插画如此执着仅仅是出于对雅子的情谊吗？桑木心里的某个角落也生出了疑窦。那其中有没有对雅子的好感呢？当然，这好感的前提是对责任编辑的，不过仅是如此吗？

　　当他拒绝画商劝他别再画插画的提议时，他显然在心里知道高冈雅子是同他站在一起的。自己被戳中痛处时，桑木也把雅子当作支撑抵挡住了总管的指责。画商的那番话似乎代表了画坛的批评，所以稍微夸张些说，自己是为了同她一人为伍而选择了与整个画坛对立。而在这场对立中，并没有他的妻子孝子的身影。

　　妻子返回东京以后，桑木开始幻想高冈雅子会来汤河原看他。这当然不可能。距离插画工作开始尚早，而且就算探病也不会到这种地方来。她是有丈夫的人，不过桑木从没问过她的丈夫是做什么工作的。

　　即便如此，桑木也没有丢掉期待。雅子会不会突然来到自己所在的旅馆呢？就算她真的来了也并不会发生什么。只是，如果能和她一起说说话，相伴着在附近散散步，他也就心满意足了。而且就算她来看自己，当天肯定也得回去，所以他们可以相处的时间只有几个小时而已。这里是温泉胜地，他最近看腻了中年以及半老的男子跟与他们年龄不符的女人并肩散步，不过他不仅未曾感到不适，反而生出了无数艳羡。他暗暗盼望着不可能会来的高冈雅子。

　　这种心情，可以仅仅用作者对编辑的亲近感来解释吗？桑木知道，其中恐怕也夹杂了很多自己对雅子个人的好感。但桑木想，在温泉旅馆悄悄盼着她来应该只是因为自己一个人太寂寞，而这并不是自己的正常状态。等回到东京，或许就什么事都没有了。也就是说，他觉得自己对雅子的期待其实并没有超出对熟人的好感。

　　然而，桑木又想起了自己躺在医院的病床上时萌生的冲动。那时他曾想伸出手用指尖去触碰雅子探过来的脸颊和衣襟，照此来看，他对雅子的感情又似乎难以妄断。即便认为那是病人因为感伤而产生的一时冲动，但难道不是有一种平日里对她超出好感的东西在作祟吗？当时他躺在病床上，还能听到妻子手中杯碟作响的声音。病房里充斥着一种秘密的氛围，桑木现在每每想起依然会心跳加速。

　　不过，桑木也知道这样的感情不会有什么结果，还是埋在心底的好。对方是有夫之妇。即便自己引诱她，她也不会回应。冷静想一下，高冈雅子对自己的态度似乎也只是出于杂志编辑的热心，其中不可能掺杂个人情感。她对其他撰稿人一定也是这个态度。如果自己有所误解从而做出什么奇怪的举动，只会自取其辱。

　　或许由于大病初愈的缘故，桑木独自一个人，在温泉旅馆里思来想去。同高冈雅子来往时还是尽量保持些距离吧。即使眼见她直面画商的指责时，也只把她当作心里某种意义上的支柱就好——尽管她并不会成为实际的支柱，对她产生这种幻想也不要紧。桑木觉得，在自己心里可以有这样一个人存在，而这也是重获生命的喜悦之一。他发觉自己距离认真思考"死亡"的时期已经越来越远了。

等返回东京，妻子问他："你的身体好些了吗？"桑木只是淡淡地回答了一声"嗯"。他在旅馆的浴池曾遇到好几位腹部与他有着相同伤疤的人，大家都说这里的温泉对于治愈此类伤疤最有疗效，桑木也有同感。

过了四五天，高冈雅子打来了电话。孝子接了电话，然后转告他说，一会儿雅子要和杂志社的社长、总编一起来看他。他想起在汤河原时自己对雅子的幻想，如果他是在汤河原接到的这通电话，自己应该会得到一种极大的安慰吧。不过，那也要自己的妻子不在，她一个人来才行。

社长和总编来到桑木的家里，轮番问候桑木的病情。社长说他战前就常去汤河原，还顺便聊了会儿那里土地和旅馆的变迁。

大家杂谈之间，高冈雅子只是微笑，并不言语。似乎有意迁就社和总编，但即便不说话，她明朗的微笑也已经对桑木倾吐了最多。桑木心不在焉地听着两个男人说话，又想起自己在汤河原时的想法。自己关于雅子所有的痴心妄想，她并不知道。她只是安静地听着男人们说话，不时点头，或者习惯性地微微扬头微笑。

5

　　从汤河原回来两个月后，桑木的腹部开始作痛。

　　他反复思考的构思终于成形，于是想先伏在画板上画幅习作，但起身时明显感到了小腹的疼痛。他起初并没太在意。小腹虽然有些痛，不过段时间就会好，他以前身体健康时也常这样。他以为还是老毛病就没理会。

　　"你哪里不舒服吗？"妻子正好来画室问他午饭吃什么，看他这个样子问道。

　　"肚子有点儿疼。"

　　孝子蹙起眉头看着他："是胃癌的后遗症吗？"

　　"可能是神经性的胃痛，过一会儿应该就好了。"桑木疼得眉头拧作一处。

　　"要不要躺一会儿？我去帮你把房间的床铺好。"

　　"不用，我这样就行。在这儿休息下。"

　　桑木枕着胳膊侧身躺下。孝子给他拿来了枕头和毛毯。

　　他闭上眼睛，但腹痛并未退去。

　　桑木没有和孝子一样以为是癌症复发。当初手术时，除了病变的部位，周围没有被癌细胞侵噬的地方甚至都切除了很大一块。即便万一他的体内还有残留的癌细胞，也不可能手术后两个月就再度复发。况且他最近并没有感觉到有什么癌症自觉症状。

　　因此桑木以为是吃了什么不好的东西所以导致了食物中毒，他把昨晚到今早吃过的东西想了一遍，也没有想到有什么可疑的。况且这疼痛不同于食物中毒，是脏器本身发生异变的那种疼痛，胸口的恶心似乎也由此而来。

　　"给我买点儿泻药吧。"桑木从画室向餐厅走去。

　　"你的脸色很不好。不要紧吗？"孝子连忙跑去了附近的药房。

　　他吃了药依然没有通便，腹痛也未消退。胸口也仍感到发堵。

　　"咱们去 A 医院检查一下吧。"孝子劝他。

　　桑木一心认为不是癌，而为了这点小事就跑去做手术的医院，难免会让人觉得有些小题大做。

　　于是孝子从附近请来了一位普通诊所的医生。

　　"胃切除的患者大多会在术后两个月时出现不适。因输血引发的血清肝炎也常出现在这个时候，不过目前你还没有出现黄疸的症状。"

　　医生摸了摸他手术留下的疤痕，又翻看了一下他的眼睑，然后给他打了两三针就走了。孝子过后去医生那里取了服用的药。
腹痛好不容易得以止住，当晚桑木因为打的针里有安眠药所以早
早就睡下了，但翌日清晨，他把吃下的东西又全吐了。

孝子不得已还是给 A 医院打了电话，院长接过护士转接的电
话，询问了症状后就让他们马上到医院去。桑木虽然稍显不安，
但因为相信自己不是癌症复发，也没有太担心。在和妻子一起乘
坐出租车去往医院的路上，他依然这么想。

他们和胖院长已经有段时间没见了，他在诊室问了桑木很多
问题。这位快活的医生此刻声音却仿佛失去了活力，他的神色黯然。

院长让桑木躺到房间靠墙的那张黑皮革床上，然后用手掌在
他的肚子上轻轻按压。桑木眼睁睁地看着院长的表情愈加凝重。
白色的天花板上落着一只黑苍蝇。

桑木还看到了护士的手，护士正从好几个大小不一的玻璃瓶
里往一支粗大的注射器里抽取液体，院长则一边背着身在桌前看
桑木的病例，一边取出本大部头的书默默看着，桑木心里涌起了
新的不安。

静脉注射了一支，皮下注射了两支。桑木这个外行也知道那
是镇静剂、营养剂还有抗生素和强心剂。

院长让护士把在候诊室等候的桑木妻子叫来。让自己的妻子
也在场，这是要宣告什么吗？桑木不免心跳加速。

"我想再打开腹腔看下。"院长似乎下了很大决心，终于将难以启齿的事情说了出来。

"啊？这是什么意思？是说有癌症发生了新的扩散吗？"

桑木觉得此时惊慌失措有失体面，尽可能声音平静地问道。听说要再次手术，他感觉自己似乎又被拖回了黑暗的深渊里。

"癌细胞没有转移。这点你们绝对可以放心。"院长强调道，但怎么看都像在掩饰着什么。

"那是出现了其他什么不好的状况吗？"孝子从旁急切地问道。

"对……"院长下巴微收，眉头紧蹙。他眉毛很粗，眉端能清晰地看到几根长长的白眉毛。

"可能上次手术时，有些地方处理得不太干净，留下了部分癌细胞，所以我想再打开确认一下。假如真是那样，必须彻底清理干净。"院长的语气似乎很为难。

桑木和妻子面面相觑，以为无论如何都不可能发生在自己身上的事情竟然成了现实。这显然是医生的失误。他还一直以为自己身上没有癌症自觉症状，可没想到症状出现时竟然痛成这样，这也反过来可以说明，自己身上的癌症现在发展得很快吧。

孝子的大脑里似乎闪过了同样的念头，她带着露骨的不满和担忧看着医生问："这次手术简单吗？"

"这个……嘛，不可能那么简单。会花些时间。"院长的声音里明显透着狼狈和不知所措。

在回家的车上，桑木和妻子都没怎么说话。如铅一般的阴霾重重地压在他们的心里。切除了半个胃竟然还有残留的癌细胞。虽然院长承认是院方的手术失误，但再次手术如何棘手，从那位医生连颜面都顾不得的窘状也可略知一二。残留的癌细胞还在发展。从腹痛、呕吐等症状看，桑木的病情已经非同小可。结果会怎么样呢？不祥的预感接连涌上心头。车窗外流动的风景也都黯然失色。对桑木来说，这和上次手术前的感受几乎一模一样。

"那家医院在外科方面的医疗水准早就有口皆碑了，怎么会这样？"孝子想不通。

"院长在社会上也是个广受赞誉的人。难道说这种情况是经常都会出现的吗？"

"……"

"看样子下次手术得住院更久呢。是院方失责的话，也许住院费可以便宜些。"

都这个时候了，妻子脑子里竟然还在想着可以因此而减免住院费，这让桑木不禁有些恼怒，不过他不想说什么。不是住院费的问题。再次手术还不知道能否顺利，从院长一筹莫展的样子，你难道看不出来说明了什么吗？他在心里怒斥着妻子。而孝子则宝贝似的捧着从医院拿回来的鼓鼓的药袋。

桑木再次认真思考起死亡来。曾经思考过的事情，第二次思考则更加出于本能。没有丝毫的理性，只是不想就这么死掉而已。第一次面对癌症时，他还仔细想了等自己死后自己的画要如何处置。但这一次，他已经完全不在乎自己的画了。在他的脑海中横冲直撞的，就只有一个念头，那就是：我要活下去。他此刻的心情，有些类似于自杀失败的人，突然开始畏惧起了死亡。

这些事桑木没有办法对孝子说。不是不想让她担心，而是自己再次将手术和死亡联系在一起，甚至能猜到只会换来她的一句"你神经太敏感了"或者"你想多了"。孝子天生不爱想太深的事。

等他们回到家，却发现高冈雅子正好来找桑木。原本约定为杂志画插画的工作即将开始，她是来谈工作的。

"我是三十分钟前来的，听帮佣说先生去医院了，所以就在这儿等你们回来。您是哪里不舒服吗？"

雅子在狭窄的客厅交替看着桑木和孝子的脸说道。桑木累了，一回来就躺在长椅上，雅子担心地看着他。

孝子把医生的话重复了一遍。不知道是不是打针奏了效，桑木的腹痛和胸口的恶心都已止住，他闭着眼睛听妻子说。

"我这么说可能有些失礼。"雅子听完孝子的话，考虑了一下说，"再次手术您要不要考虑换一家医院做？"

桑木愕然睁开眼睛，发现雅子正望着他。

"A医生的医术想来一定很高明，但听夫人所说，我觉得一定是上次手术出现了失误。我也不是很懂，不过我想可能是患部切除得不彻底所以才导致了癌症的复发。吃不下东西可能也与此有关。既然说第二次手术很麻烦，虽然对不住A医生，不过您要不要干脆找一位更好的医生来做呢？"

"再次手术那么棘手吗？"桑木不待孝子开口便说道。

"是啊，恕我直言，再次手术并不简单。就好像缝衣服一样，比起缝一件新的，旧衣服重新缝起来会更麻烦，也更费力气。"

桑木忽然想起来，自己先前在医院住院时，有一次院长来巡诊，雅子恰巧也在，当时她听院长说德语还轻轻点了点头。

"你知道的好多啊。是你认识的人也有过这样的经历吗？"

"不是，其实是我丈夫在一家和医疗行业相关的杂志工作，就是那种医生的业内杂志，经常听他说起，所以难免知道一星半点。"雅子脸上泛着潮红回答道。

"啊，是吗？难怪……"桑木第一次听雅子说起她丈夫的职业。

"既然这样，你就听高冈小姐的吧。"孝子马上应和道。

桑木的眼中仿佛浮现出 A 医院院长的满面愁容和惊慌失措的样子。院长也明白第二次手术很困难吧，所以他感觉脚心都冒汗了。

"你有什么好一些的医院可以推荐吗？"桑木撑起上半身问雅子。

"有，F 医生您看怎么样？他在内脏外科方面应该是首屈一指的专家。现在是 R 医院的外科部长，他的医术我认为名副其实。"

虽然雅子说名副其实，但桑木其实此前并未听过这位医生的名字。当然孝子也不知道。

"A 医生当然是位出色的外科医生，但毕竟还是有些老派。现在外科医学技术的发展日新月异。胃切除手术和从前相比也已经大相径庭，现在手术需要的时间也更短……"

雅子委婉地批评了 A 院长。桑木眼前浮现出院长的白发和医院古老的建筑，渐渐感觉那确实是位落后于时代的医生了。

"那位 F 医生愿意接手其他医院手术失败的患者吗？"桑木不无忧虑地问道。

"我丈夫和 F 医生很熟，如果由他出面的话，相信 F 医生会同意的。先生，越早决定越好。只要您同意，我马上让我的丈夫帮忙联系。"

雅子郑重地说道。桑木不愿意接受她丈夫的关照。之前连职业都不知道的人却突然要麻烦人家，他对此还是有些抵触。不过他更介意的，其实是因为请求帮助的那人是雅子的丈夫。

"老公，你就拜托高冈小姐吧。"孝子从旁说道。

6

从那以后近三个月很快过去了。桑木现在所处的环境已经与当时迥然不同。

这期间，桑木有一个多月的时间是在 R 医院度过的。

再次手术的前两日，他苦苦挣扎一意求生，甚至自己都对这份强烈的生之意念感到丑陋。那是动物般的垂死挣扎。虽然他对自己的画依然不舍，但已经失去了第一次手术前的冷静。

桑木的激烈反应不仅仅是因为神经亢奋，还源于桑木听说这种重做的手术死亡率高达 50%。不过他也从雅子那里听说了不少关于即将为他做手术的外科部长 F 的消息。F 在胃癌手术方面堪称当世第一人；他的手术方法多有创新，不仅是日本，甚至全世界的临床外科界都在沿袭他的手术法；他为人颇为自负，因此树敌很多，但实力却有目共睹；他手术非常快，手术成功的病例数之多非但日本无人可比，在世界上也数一数二；桑木做第一次手术花了近三个小时，但 F 博士的胃癌手术通常一个小时就可以完成。"你来我这儿算是来对了地方。"长着一张长脸、肤色黝黑的 F 博士在桑木手术后笑道。他说这个手术难度非常大，要是在其他医院不知道桑木还能不能活着走下手术台。F 博士说话间，桑木再次想起 A 院长那一筹莫展的表情。他终究是没有信心吧。自己开的刀，失误的责任也在自己，怎么能说让病人转去别家医院呢？可院长对自己的技术不自信，对再次手术简直胆战心惊。因此雅子的提议无论对桑木还是对 A 院长都仿佛救命稻草一般。

桑木的胃被全部切除，今后只能由与食道相连的肠部承担起胃的功能。医学术语叫作腹腔内残胃全切，食道空肠吻合。桑木出院前拍了 X 光片，这例手术后来甚至成了 F 博士引以为傲的手术报告病例。桑木曾看过病例概要，上面记载道：

"效果显著的病例一：42 岁男子在某医院接受胃切除手术后约 70 天，自诉恶心呕吐无法进食，故而来院。X 射线显示患者残胃有相当大的肿瘤状阴影欠损，活检诊断为 adenocarcinoma（腺癌），故我院决定立即对其进行腹腔内残胃全切及食道空肠吻合手术，同时采取局部放射治疗。患者术后恢复良好。"

桑木还看到了自己的看护日志上面记有"因从恢复室回到普通病房稍显不安""自诉喉部不适给药土霉素片剂""呕吐（+），下腹部疼痛报告 Y 主任，据诊察结果，实际处置如下""疼痛缓解"等等。在如何处置的地方罗列着注射药品的名字。

"摄入刺身两片。呕吐（+），胆汁不变继续观察""创部出血(？)""检查下腹部导管创口,无异常出血。再诉相同部位疼痛。渗出血液逐渐减少""插入导管处流出恶臭分泌物。就此同患者沟通"。诸如此类的字句记载着医生和患者之间的交流。

护士记录的文字很简短,如"巡视,熟睡";"状态正常,无明显异样,安睡";"测温,感觉良好";"自诉无明显异常";"测温,放射治疗,点滴";"气雾吸入";"胸部热敷";"开始输液";"睡眠良好";"更换绷带";"尿褐色,总量合计 2160cc,比重 1.030";"肌肉注射卡那霉素 1g";"去除简易氧气篷";"部分清拭";"辅助洁面"。

桑木读着这些记录,一个多月的住院生活中最痛苦的两周似乎又在他的眼前浮现。他仿佛又看到手术后的自己,躺在地下室那间被称为恢复室的重点看护病房,还看到了医生和护士的面孔。虽然不小心会和之前的 A 医院混淆,但这些冷淡、简短的文字让当时的动作和周围的情景都历历在目。

比如记有"因从恢复室回到普通病房稍显不安",也许在护士眼里是这个样子。然而,自己当时正慑于死亡的阴影,感觉手术后死神随时会把自己抓走。从昏暗的地下恢复室回到阳光明媚的普通病房反而让他感到不安,没有了众多护士的全天候看护,他仿佛失去了依靠。就像医生让无望治愈的癌症患者回家,过上最后一段随心所欲的时光,他预感自己最终也会是这样。

高冈雅子将看护日志等诊断记录抄下来拿给桑木。

"他们竟然肯把这些东西借给你？"看着雅子规规矩矩的字迹，桑木不禁叹道。

"是我先生出面向 F 医生借了一天。"雅子依然仰头微微笑着。

雅子的丈夫是医疗杂志的编辑，医生们自然愿意给他这个面子。很多患者都在排队等着 F 博士为他们做诊断，他能这么快就同意给桑木安排手术也仰仗于雅子的丈夫帮忙。给雅子的丈夫添了那么多麻烦，桑木实在有些过意不去。

"是你让你先生去借的吧？"

"是啊，我想给您看一下。这样您就会明白癌症绝对不会再复发。只是嘴上说，恐怕您怎么都不肯信。"

"我确实是明白了，也放了心。……不过你先生没觉得奇怪吗？"

"没有。我是您的负责人，他觉得我做这些都理所应当。一点儿都没觉得有什么不妥之处。"

他们说这番话的时候，两人正在一条阒寂无人的小巷一起散步，而桑木的妻子并不在一旁。

三个月后，桑木所处的环境迥然不同，说的就是此意。

桑木住院期间，雅子常来 R 医院看望他。即使出院后，她也常登门拜访，关心桑木病后恢复的情况。杂志社那边因为桑木突然病倒，不得不变更了计划，请了其他插画家刊载了另一部小说。
不过杂志社还是想要桑木的画，希望他能继续为他们创作插画。
杂志社与桑木之间的交涉，几乎全部由雅子负责。杂志社也知道
桑木看重雅子，所以雅子经常来。

　　每次雅子来，桑木都感到很开心。能和她面对面地聊天，更
加让他喜不自胜。她是帮自己拣回一条命的恩人，桑木心里待她
自然不同于旁人。不过不仅是因为生病欠下的人情，在他心上还
有一种说不清道不明的情愫。

　　雅子当然也和孝子聊了很多。孝子对雅子也好像比从前更亲
近了。听到家里有两个女人在说话，桑木心想不能搅乱这种和谐
的氛围。在他的意识里，他一直担心自己会做出搅乱这种氛围的
举动。因此，和雅子说话时他会有意地尽量让妻子留在旁边，有
时也确实这样做了，不过他也发现，还是妻子不在旁边的时候，
他和雅子聊得更加愉快。

　　有一天，雅子来的时候孝了正好不在家，两个人如以往一样
在狭窄的客厅相对而坐。闲聊一个小时后，桑木拿出自己的画册
给她看，这本画册两三天前才印出来，出版社也是刚刚送来。这
本画册桑木原本就打算作为礼物送给她，他也想为雅子解说一番，
于是他摊开了那本大册子，而雅子为了看着方便，也从对面坐到
了他的旁边。

　　桑木本来除了看画，并没有任何其他的企图。但是，雅子的
脸颊近在他的耳畔，她的手不时伸到画册上方，他的心也随之泛

起涟漪。终于，他按捺不住冲动，握住了她的手指。就在那一瞬间，他忘记了所有的顾忌。

桑木记得以前在医院时，雅子就曾经贴近他的脸旁。当时妻子还在屋子里他看不到的地方摆弄着杯碟。他眼看就要伸出手去抚摸雅子的脸颊和衣服。也就是说，这种冲动他曾经有过。可以说也正因此，他这次才表现得如此大胆。

面对桑木突然的冲动，雅子蓦然一惊，急于欲缩回被握住的手。她没作声，仿佛只有被握住的手指在挣扎。桑木为了消除自己的羞愧，更用力地握住了她的手，不肯松开。

雅子的呼吸凌乱了，这让桑木喜上心头。他知道雅子的紧张绝不是因为惊愕或者恐惧。假如她想顾及对方的颜面并进而摆脱此种情境，大概会故作镇静。她已经年近三十，因为工作的关系有很多机会接触男性，她应该有这种从容，更不用说她如此聪慧。她呼吸急促、凌乱，只能说明一件事，那就是她对自己也有着同样的感情。桑木如此解读。

三天后，他把心一横给杂志社打了电话，邀请雅子在青山附近的咖啡店见面。雅子只是事务性地回答会准时到，语气却早已与以往不同。

这个直截了当的回答要如何理解呢？看到雅子前桑木一直忧心忡忡。上一次，雅子默然回去了。当时她满脸通红，虽然感觉并不是对他的无礼感到愤怒，但在听到她亲口说出来前桑木依然

不敢确定。她平日在来电话时声音里总是透着作为责任编辑的热
情，但这一次却截然不同。不知是因为生气，还是有过上次的事，
从而顾虑周围人的看法，所以语气才没能和平时一样，桑木心焦
想知道到底是哪一个。

实际上是后者。

7

　　雅子对自己的感情究竟是什么样的呢？最开始，桑木很为这
个问题苦恼。

　　雅子会不会因为想要插画，才接纳了自己蛮横的爱慕？毕竟
这关系到她在杂志社的业绩。桑木也认为自己这番猜测有些自恋，
但即便和别人说起，恐怕也不会被嘲笑吧。编辑这份工作少不了
社交，很难说她的社交没有延展至此。以前她是不是也有过类似
的经历？如此功利地一想，就觉得高冈雅子待人接物明朗淡泊，
其中有女人的内敛，却又流露出似有似无的风韵，而所有这些都
像是早就算计好的。过去，那些对她有特别好感的男人，她是否
也曾经如此拿捏得恰到好处呢？如果是这样，那么雅子真是个让
人猜不透的女人了。

桑木曾问过雅子是否还爱着她丈夫。这是衡量她心意的重要
砝码。起初雅子一脸难色，没有明确回答。她既没有说爱，也没
有说不爱。过了段时间才告诉桑木，其实她和丈夫性格不合。

"可你们不是恋爱结婚吗？"

依旧是走在人迹罕至的小巷时，桑木说道。他们走的路线几
乎都固定下来了，选择的是有长围墙的住宅区。这一带无论多小
的巷子都细致地装在两个人的脑海里，自从桑木把雅子叫到咖啡
店以来，他们已经在这附近走过十几次了。

"虽然近似于恋爱结婚，但那时我还年轻，什么都不懂。在
他狂热的追求下稀里糊涂就和他在一起了，但当时自己也曾想过
要再好好考虑一下。可惜没能坚持。结果结婚仅仅一年，我就后
悔了。"

雅子放慢了脚步说道。巷子两侧的房屋在阳光下悄然无声，
再后来，他们渐渐看到漆黑的树丛间透出了灯光。这也正是两个
人关系的进展。

他们夫妻在哪一点上性格不合，桑木没有追问。虽然桑木知
道如果追问下去可能会问出她丈夫的缺点，但他还是守住了分寸。
对他来说，只要知道她对她的丈夫没有那么深的感情就足够了。

桑木又问雅子，她丈夫对她的感情如何。

"不及从前。毕竟我的心意他自然也会明白。"这个回答也

让他心满意足。

　　拐过下一个路口有什么样的房子，从右边坡路下去是什么样的人家，桑木对两人散步的街道已经了如指掌，同样听了雅子的话他也预想到了，今后他和雅子两个人的关系会如何发展。不过，这条已经走过无数次再熟悉不过的路，其实也同他们从未踏足过的未知的道路连在一起。这条路很短，距离他和雅子第一次接吻也时日尚浅。将来的事情他们并不知道。

　　雅子从没问过桑木是否爱他的妻子。也许因为她熟识孝子，担心他的回答会伤害孝子吧。这点同他没有细问雅子丈夫类似，她常来家里和医院，和孝子相熟（虽然是她一直在附和孝子），因此对他们夫妇的关系一定格外难问出口。

　　虽然雅子那么说，但桑木想象她丈夫应该很爱她。自己住院的时候，是她丈夫依她所言立刻去求了 F 博士，还借来了看护日志。她说的事情能够立刻照做，正是因为丈夫爱她啊。雅子说性格不合那只是她的想法，其中的缘由大体能够猜到。虽然是通过雅子，但 F 博士同意为他做手术，其实是仰仗她丈夫帮忙，一想到这儿，桑木心中就有些痛苦，这不同于以前的无所适从。那时因为他是雅子的丈夫而不愿承其好意，但现在回过头看看，那时自己的心情其实还夹杂着嫉妒。可是，现在不同。桑木正一步一步地背叛雅子的丈夫。

　　他们自从嘴唇贴合在一起后，雅子就不再来桑木家了。

　　"高冈小姐好像很久都不来了啊？"

　　孝子晚饭时忽然说起。桑木心里一惊，但装作毫不在意地轻声道："估计她最近工作比较忙吧。"

　　"以前来得那么频繁呢……"

　　妻子疑惑地看了他一眼，桑木忽然心跳加快了几分，还一度担心自己脸色是否会有太明显的变化。

　　"可你接下的为杂志画插画的工作，也快开始了吧？"

　　"嗯……那边我暂时推掉了。"

　　"咦？为什么？"

　　"我身体不如从前，这一两年需要多休息些。而且为我自己的工作考虑，插画也是个负担。"

　　"你不做了，那多对不起高冈小姐呀。人家为你做了那么多……"孝子责备道。

　　听妻子这么说，桑木方才放了心，显然对于他和雅子的事情，妻子还未发觉。

　　为杂志社画插画的工作不是拒绝，而是顺延。实际上桑木本想拒绝，但总编必然不会同意，因此他们决定依照雅子的裁夺推后，等下次的下次，杂志社有合适的小说连载时再合作。

　　如此提议的是雅子。她给出的理由是插画的工作一旦开始，她作为负责人每个月肯定要去桑木家一两次，可见到桑木的妻子还是会让她感到不舒服。请总编派别人去又没有合适的理由，所以她提议干脆暂时以桑木身体欠佳需要休息为由往后拖一拖。

　　对于这个提议，桑木欣然应允。他现在对雅子来自己家里也会觉得不舒服。虽然自己夫妇的关系似乎没什么变化，但让雅子夹在他们夫妇中间，一定会给她带来痛苦。再者，即使是想象一下自己夹在两个女人中间如履薄冰，桑木也会觉得不快。

　　然而，雅子的话让他开心的不仅在此，还有更重要的理由。他终于明白雅子和他在一起并非有所图谋，而是出于真心。他的插画延期，在出版社只会给她减分，没有任何好处。听说现在社长和总编都为此大为光火。

　　雅子说："不管总编多不高兴，我都无法去见您的夫人。"

　　"不过，高冈小姐那么想要你的插画，以前还总是热心地往咱们家里跑，她竟然这么轻易地就同意中止合同了？"孝子继续着那天晚饭时的话题。

　　"那有什么办法，我的身体更重要。"桑木冷淡地回应道。

　　"那倒也是……"妻子沉默了一下，又说，"我要不要打个电话叫高冈小姐抽空来家里玩呢，和你们的工作无关。她这人作为朋友来说也是不错的。"

桑木心中一片狼藉，不禁斥责道："算了吧。人家和你不一样，又不是天天在玩。她平时那么忙，你把人家喊过来不是给她平添烦恼吗？"

孝子明显不太高兴，沉默了一会儿又说："高冈小姐为什么不辞掉杂志社的工作呢？"

桑木对孝子执拗地屡屡提及雅子忽然警觉起来。

"因为她喜欢编辑这份工作吧。那种工作，不喜欢的人也做不了。再说他们也没有孩子。"他回答了些无关痛痒的话。

"可是她现在的工作已经做了五年多了吧？她丈夫竟然同意，时间不规律，她丈夫估计也很不方便。"

关于这件事，桑木其实以前问过雅子。她当时的回答是，丈夫开始也说让她辞掉杂志社的工作，但他现在已经放弃了。丈夫不知道雅子每天什么时候可以回家，所以都是在外面吃过晚饭以后再回家。"我们就快离婚了。"当时雅子开玩笑说。桑木现在想起来，觉得雅子当时说这句话其实另有深意。

"不过，我真羡慕高冈小姐啊。那么有才华。我就像你说的没有本事，除了在家做家庭主妇，其他什么都不会。"孝子话里带着讽刺。

桑木感觉妻子好像隐约觉察到了他和雅子的关系，心脏不禁鼓噪起来。

8

妻子知道他的行踪，是在又过了三个月后。

他们之间还什么都没有的时候，孝子并没有发觉，但自从他和雅子发生了肉体关系后，她到底嗅出了什么。

孝子在那之前就对桑木起了疑心，觉得他近来不太对劲，但桑木没想到，她那么快就知道了对方是雅子。

桑木后来为了见雅子开始开车出去，并常常把素描本放在驾驶座旁边当作掩护。桑木家里的那辆外国牌子的车已经很老了，甚至最近几个月都没有开出过车库，妻子和女佣费了好一番工夫收拾。

"你身体还没恢复呢，不要紧吗？"第一次要出门时，妻子半是担心地问道。

"不要紧，我慢慢开，总比坐出租车安全。"

桑木以前总是开着这辆车到处写生。想去哪儿就去哪儿，所以很方便。他的驾照是五年前拿的。

"你小心点儿开啊。可别病好了，却因为交通事故丢了命。"

"你这人……"

他为了骗过妻子，每次总是在素描本上凭想象随意画些街道
或者乡村的风景。

桑木把车开到约定的地点和雅子汇合。他们一起在夜里的小
巷中漫步，在寂静无人的角落牵手，在灯光照不到的地方接吻。
不过总处在这个阶段，也让桑木有些心焦。他告诉雅子，自己曾
经在汤河原的旅馆空盼着她来。

雅子垂下头笑了。"可我完全不知道先生的心思，又怎么会
去呢？"

"确实是等的人不讲道理。可那时徒然的心情，我想弥补回来。
我后天要再去一次汤河原。这次你会来吧？"

"您上一次等我，是有什么打算？"

"在旅馆里说说话，一起散散步……"

"这次也只是这样吗？除此之外什么都不会做？"

"不会做。"

"您要是能保证我就去。"

桑木对孝子说自己要一个人去汤河原待三四天。当时孝子并
未起疑。

"还住上次那家旅馆吗？"

"嗯，我先去那家住，要是住腻了也许会换到别家。反正两三天就回来。"

"你去吧。"孝子点头应允。

走之前，孝子帮他把随身物品装进行李箱。桑木知道在汤河原会发生什么，所以一直不敢看妻子的脸。但是，他已经没有办法回头了。同意会来的雅子也一定明白。桑木出了家门坐上了去车站的出租车，妻子和家在他的身后渐行渐远。

重返汤河原，桑木只有第一晚独自入住了之前的旅馆。第二天临近日暮时，接到雅子打来的电话，桑木匆匆结账离开。

在汤河原车站，雅子背对着他站在角落里。她特意挑选了件不会引人注目的衣服。

两个人坐上站前的出租车，桑木告诉司机去箱根的强罗。他们返回汤河原小镇，从刚刚离开的旅馆前经过。桑木其实早已计划好如此行动，所以才告诉孝子自己会先入住上次的旅馆，之后不知道会不会换到别家。还住上次那旅馆是为了让孝子放心，桑木觉得自己简直就是高智商罪犯。

翻过山就是下坡，下山时已远远地可以看到强罗。

司机问去哪家旅馆，桑木告诉他麻烦尽可能找一个安静些的地方。戴着眼镜、年纪三十岁左右的司机，于是把车驶进了一扇四周耸立着高大榉树的大门。沙石路两边都是天然林，车又开了很远才到旅馆气派的正门。来到这里，雅子的姿势忽然变得僵硬起来。

建筑沿山坡一直向上延绵，中间由几条穿廊连接。他们的房间在最上面，前面是黑色的大山，山脊的霭霭暮色中闪烁着山下小镇的灯光。

雅子拉开阳台门眺望远方，桑木从斜后方忽然抱住了她。两个人的嘴唇分开后，雅子便叮嘱说："你会遵守约定，是吧？"

和第一次接吻时一样，她的呼吸急促，肩膀不住地抖动着。

结果，约定没能遵守。雅子到最后也并没有再挣扎。她其实早知道会如此。

"我喜欢你。"桑木说。

这句话太寻常，实在没有分量。而我爱你这句话，则卑俗而且做作，他说不出口。但是又找不到其他表达。不过，仅此女人也充分领会了这句话的现实。雅子回应了他。

"我的爱是不会变的。"桑木这句话也只能如此说。

可是，现实的爱往往另在别处。

桑木尽量不让雅子看到自己腹部的手术疤痕。

"哎呀，你不用那么藏着掖着啊。给我看看。"雅子掀开他的睡衣前襟。

"太丑了，还是别看了。"

桑木受不了被她盯着看，有些难为情。他的腹部被切开了两次，留下的疤痕惨不忍睹。就连他自己都对这疤痕充满了嫌弃，更别说别人了。女人见到也许会作呕呢。

雅子却没有移开视线，说："但是，我一点儿都不感觉丑啊。只佩服刀口切得这么漂亮。太好了，这下你就能彻底好起来了。"

在医院的医生巡诊时，这疤痕也曾被雅子看到过，不过现在再听到她这番话，实在令桑木感慨万千。他此刻真切地感受到，他们对于彼此都已经不是外人了。"我能好起来多亏了有你。"

"哪里哪里……不过，你好不容易拣回一条命，却和我变成这样，以后你也许会为此痛苦。"

"怎么会痛苦呢？话说回来，就算痛苦也无所谓。我觉得这就是我能拣回这条命的意义。"

这句话正是他此刻心情的真实写照。

早晨，雅子对着小小的梳妆镜梳理头发，她说要立即返回东京。为了这次约会，她对杂志社请了一天的事假，跟丈夫则说要去其他地方出差，所以会在外面住上一晚，所以她不能连住两天。桑木无法挽留雅子。若是勉强她，两个人之间也许会生出嫌隙。

送走雅子后，桑木或者百无聊赖地躺在榻榻米上，或者独自去附近散步，一整天都闲得发慌。上次在汤河原没有实现的愿望昨夜都得到了满足。不过在汤河原时他并没有如此高的期望，而这次却得到了喜出望外的结果。显然他们今后的关系也将更进一步。

然而，桑木并不认为这会破坏自己的家庭，他也不想。雅子一定也这样想。她有老公，恐怕比自己更小心翼翼。

桑木不想将这看作出轨。和孝子相比，雅子人好得太多。假如自己和孝子分开，雅子也和丈夫离婚，他会毫不犹豫地同雅子结婚。那样不知道会度过多么幸福的后半生。工作上也是，得到雅子不知道对他多有助益。

但是，这终归不可能，他不认为雅子会下定决心离婚，他也无法强行和孝子分开。尤其他还有孩子，想到由离婚产生的各种麻烦，他实在没有勇气。

那么，他和雅子就只能保持现状。不过，桑木对此并没有太多不满。假如理想无法实现，那就只能忍耐啊。比起忍耐，他对现状更多的却是满足。八方无碍，只要他和雅子保护好属于他们的秘密，就不会有人受伤。

桑木也认为这是男人的自私、狡猾。但是他回答自己，既然无法获得完全圆满的结局，那这也是不得已而为之。

他在纷繁的思绪中打发掉了白天的时间，但夜里却终是寂寞难耐。昨夜雅子的话和她的肢体仿佛又苏醒过来，使他按捺不住。

雅子说她爱桑木。她也只知道这句话。问她为什么，她似乎花了好一会儿整理思绪和组织语言，然后只回答了一句话："因为你温柔。"

"你先生不也温柔吗？"

"你的温柔和他不一样啊。是啊……不过，你的更深吧。我也是因为这点才被你吸引的。"

温柔更深，桑木已经揣测出这句话的深意。无须罗列分析性的词语再次询问，仅此就可以看清轮廓，解读出其中的情感。

"这么说你先生的温柔更浅了？"

"你太坏了，请不要问这种问题。"

雅子扭过脸去。

和自己猜想的一样，桑木想，雅子的丈夫很爱她。但是，她一直无法对丈夫感到满足。他想到中年和青年权势不同，社会地位有差距，思考方式也不一样，不过就算自己不出现，她也已经意识到了，他们的婚姻注定会因为性格差异而导致失败。这么一想，桑木感觉自己的责任也轻了一些。

桑木想起昨夜的雅子，又不免幻想雅子现在正在做什么？和丈夫并坐在床边的雅子忽然浮现在熄了灯的天花板上，他越发睡不着了。他想到雅子为了赎罪，也为了隐匿罪行而主动靠近丈夫。结果，他深更半夜连着去了两次浴室。

"我怎么会那么做呢？"

从箱根回来三天后，再次见到雅子时，她翘起嘴角抗议桑木的胡思乱想。

"女人哪能伪装那么好。至少我不会。"

他们开始在那种专为小情侣开设的便捷旅馆见面。雅子不喜欢那种地方，桑木也感到不怎么舒服。糟糕的环境甚至让他们产生一种他们的感情受到了玷污的错觉。可是，又没有其他合适的地方。桑木日暮时分把那辆已经很老的外国车开出来，在路上找个停车场停下，然后打出租车再匆匆赶去和雅子约好的地方。

有一次，他把雅子揽在怀里时，雅子叹了口气说："不管事情变成什么样都没办法了啊。"

那句话听起来可以理解为绝望，也可以理解为自暴自弃，桑木默默地看着她的脸。当时雅子目光空洞，两周后——这期间他们在老地方见了三次——桑木终于明白了她的意思。

她清楚地告诉桑木自己决心和丈夫离婚。她一如平时微微仰头微笑，但又流露出心意已决的人所表现出的冷漠。

"你不用和你夫人分开。我只是自己决定要这么做。和你的事我没告诉他。只说要离婚。"

"你丈夫怎么说？"桑木问道，感觉那声音不像自己的。

"既然我坚持要离婚，他也没办法啊。"雅子的声音低沉却平静。

桑木怀疑他们的离婚不可能如此容易，但考虑到雅子倔强的性格，也许会逼丈夫同意。

她和丈夫离婚后，和自己的关系会变成什么样呢？桑木猜不到未来的走向。

"和他分开后，我想找间公寓搬出去。我不打算回乡下的父母家。你可以去我那里玩，如果哪天你不喜欢我了，我们也可以就此了断。毕竟离婚的事没和你商量，都是我擅自决定的。"

虽然她说可以就此了断，可桑木也不能说那好，就这么办吧。事态发展成这样自己也有责任。岂能事到如今逃之夭夭。不过，比起这样的责任论，能去雅子独居的公寓更强烈地吸引了他。一想到今后可以不用再顾虑她的丈夫，能自由自在地爱她，眼前所有需要面对的苦难似乎也都烟消云散了，桑木满心欢喜。

"我其实想说希望你能来。我会很高兴了。"

雅子听到桑木的回答，把脸颊紧紧贴在他的脸上说道。

"我想和你一起生活，哪怕只有一两个月。不是每天也没关系。你有工作，也有家庭。每次三个小时，一周一两次就好，我想和你在一起。我不会给你增添经济负担的。不是在这种地方，而是在我的家里。"

雅子环顾着旅馆的房间。壁龛上挂着庸俗的水墨画，旁边摆着蒙着布的电视，榻榻米上有香烟的焦痕。

那晚从停车场开车回家时的心情，桑木始终难以忘记。他有种踏入人生危机的不安，就连腿仿佛都在微微发抖。和雅子分开后，他才意识到事情的严重性。

仅有的一点慰藉，是雅子说可以一周见一两次，而且每次只要在一起几个小时就可以，而且只要他想分手，就可以随时分手。这让他还有尚未被逼入绝境的从容。这也是最后可以从绝境逃脱的从容。桑木想，绝对要避免毁灭。

自己在往后的日子里还有必须要做的事。而自己在医院挣扎着想要摆脱死神，也都是为了它。自己幸运地活了下来，必须好好珍惜才是。他觉得是神给了他这次生命，让他可以有时间怀着满腔热血去做自己热爱的工作。虽然他不相信某个固定的神明，但他认为在这个世界的某个地方，神是隐隐存在的，而且正在对命运发号施令。要自己解释的话，他觉得就连他活着也是神的旨意。

以前，桑木曾经希望雅子能离婚，自己也同孝子分开。现在，雅子简简单单就和丈夫分开了。他的愿望达成了一半。可剩下的一半呢，他知道自己难以做。雅子没有孩子，自己有。不仅如此，孝子绝对不会顺从地离婚。分居也一样，孝子一定相信分居和离婚没有什么不同。

桑木若是强行离婚，一定会掀起轩然大波。他并非爱孝子，但是他害怕事情演变成那样。他比谁都清楚自己的胆小。他深知自己一有麻烦就会心乱如麻，无法工作。他需要一个平静的氛围，需要内心的安宁。只有这样他才能全身心地投入工作，完成野心勃勃的作品。家里一旦起了争执，他知道自己每一处细小的神经都会战战兢兢，他将无法思考，握着笔的指尖也一定会瑟瑟发抖。

桑木相信自己构思已久的创作新方向一定能成功，而且可能会成为今后画坛的新潮流，必将在画坛掀起一道巨浪，压倒那些"敌人"。这些他仿佛都能看到，甚至近在咫尺。所以现在，他只乞求能让他保持平静就好。

和雅子在一起——假如，事态要如此发展，他也希望是在自己的野心之作获得成功，职业生涯渐次步入正轨，某种程度上稳定下来之后。也许是他自私，但是他希望这作为艺术家的任性能够获得原谅。在那之前——只要给他不太长的一段平静的时光就好。比起孝子，他无不坚信和雅子在一起自己的后半生会更幸福，也会更充实。

桑木认为自己从癌症中捡回一命的余生，只有这样才有意义。

9

整个夏天桑木都被妻子折磨得苦不堪言。

孝子不知道用什么办法，知道了雅子已经和丈夫离婚，现在一个人住在外面的公寓。她虽然没说用了什么手段，但桑木从一些蛛丝马迹猜测，她大概是请了私家侦探。

"听说高冈小姐离婚了，她是打算和你在一起吗？"孝子面色惨白地质问他。刚开始几天，她一直哭个不停，后来则情绪激动地逼问桑木。

"不是的，之前她和丈夫就有问题。"

桑木感觉头沉重得如同被人套了个罐子。他每天听着孝子的指责，晚上也睡不好。哪里还能工作，在家里简直如坐针毡。

"但她是跟了你之后才离婚的，是吧？所以，你要对她负责？"

"不能说我完全没有责任。但是，我没有义务马上就和她在一起。"

"你说马上？那，你是打算早晚要跟我离婚，和那个女人在一起？"

孝子的话让桑木无言以对。如果他说并无此意，孝子一定逼他立刻和雅子分手。可他预感虽然不是近期，但迟早有一天他会和雅子在一起。不是要朝着这个方向努力，而是从事态发展上看，事情自然而然会变成这样。如此一来，假如自己断言绝对不会和雅子在一起，他必定要后悔。

"总之，让我画画吧。这段时间你什么都不要讲。"

"你还真是自私啊。这样打发不了我。你到底打算怎么办？"

"事情到时候总会解决的。"

"解决？是和那个女人分手？还是要把我赶出去？"

"别说傻话了。总之，我说会好好解决的。"

"我完全不懂你究竟是怎么想的。你就不能明说吗？"

"你一天到晚都在说这些，是想让我的事业一塌糊涂才肯罢休吗？"

"你不用画什么画了，先把这些事情做个了断吧。"

桑木心烦意乱地逃出家门。孝子知道他要去哪儿，马上拦在桑木好不容易才开出车库的汽车前。

"你要去那个女人那儿，就先从我身上轧过去，杀了我吧。"

雅子的年龄比孝子小许多，这点也让她大为震怒。

"你别这么丢人。邻居们都看着呢。"

"丢人的明明是你。什么啊，身体还没完全恢复就大白天抛弃自己的妻子而跑去和其他女人私会。"

"我怎么会去她那儿呢。我是开车去郊外写生，顺便散散心。"

"我不会再被你骗了。还装模作样拿着写生本，以前你就是用这招去见那女人的。"

桑木白天什么都做不了，于是只能晚上钻进画室，但是在灯光下根本辨不清颜色，最重要的是他心中烦乱。孝子也睡不着，大半夜常在客厅冷不防弄出很大的声响，有时还故意踩着重重的脚步在走廊来来回回。最近她一直失眠，病态发作越来越多。每次她的发作都会触动桑木的神经。和画商谈好的画还一笔未动，这让桑木心急如焚。

孝子还入侵了平日里不许她出入的画室。她坐在桑木旁边怒目而视。有时瞪着桑木一言不发，有时则因为雅子的事大吵大嚷。每一次，孝子甚至会把桑木过去过从甚密的女人也翻出来。桑木以前也曾出过两次小问题，但都只是花心而已，没惹得孝子雷霆大怒。

现在的一切，完全成了桑木最害怕的状态。他毫无心思去创作自己野心勃勃的新画作。他现在只想在自己画画时，能有片刻的安宁。

桑木想尽可能对雅子隐瞒妻子的事。但是他近来精神萎靡，雅子似乎有所察觉，于是问了他很多。他也因为痛苦无处宣泄，便多少告诉了雅子。他也觉得，稍稍告诉她一些更好。

"你也很不容易啊。"

"但是，"雅子说，"我绝对不会因此就和你分手。"她已经和丈夫分居，正等着办离婚手续，当然会口出此言。和桑木的事她到最后也瞒着丈夫，并执意离婚。这中间的经过桑木很清楚。那果然是位懦弱的丈夫。

"你夫人，会不会突然跑到我的公寓来呢？"雅子曾经不安地问过。

"她再怎么样也不会闹到这个地步吧。"

桑木其实也担心这点，但孝子似乎好不容易才打消了这个念头。

雅子没有像孝子那样，问桑木今后到底如何打算。她曾经说过，我并不是要和你在一起才和老公离婚的，和你哪怕一两个月也好，能这样一起生活我就心满意足了，也许因此她才什么都不能说。只是，她先前说的一两个月太短，现在雅子也希望永远不要和他分开。雅子没问他将来如何打算，每天依然去上班，她似乎确信最终桑木会离开那个家而来自己这里。

雅子的这种坚韧，桑木有时也感觉是女人的厚颜，所以难免有些不舒服。

"你是觉得那女人救了你的命，所以在报恩吗？"

孝子面部扭曲地说着这话。她已经不再称高冈小姐，而是说"女人"。

"救我命的是医生。不要再说这么无聊的话。"

"早知如此，还不如不要那个女人给你介绍医院呢。正因为此，我们的家里才变得一塌糊涂。"

孝子恨恨地说道。桑木也深有同感。要是当时手术不顺利，只能等待死亡降临，那现在也许他还躺在病房里等着死期。于他而言，重获生命的最大喜悦，是因为继续自己未竟的工作。而现在连自己的家庭都濒临破碎，他品尝到的只有痛苦。在这种状态下，活着又有什么意义呢？假如一直躺在等待死亡的病床上，或许就不会有这些苦恼了。

桑木想起夏目漱石的《心》里有这样的句子。

"——你可知道被那乌黑的长发桎梏的心情？"

年轻时用心读过的书，似乎都藏在大脑的角落里，在此后的日子里，不知道哪些文字就会不经意间冒出来。这句旧式的表达正说出了桑木现在的感受。

他想自己真的被高冈雅子那乌黑的长发桎梏着吗？但并没有

得出明确的答案。的确，他和雅子现在无法立即分开，原因之一就是自己对她身体的依恋。在这件事上，雅子说她和丈夫感受不到任何欢愉，却因他深深地感动。因为和他发生了如此亲密的关系，其间的兴奋唤醒了她的感性。不过从年龄上看，她似乎也到了这个时期，所以即便没有和丈夫离婚，她也会同样觉醒吧。

这种事只消尝过一次，雅子就变成了欲望强烈的女人。桑木被她拖着带着，自己也愈加激烈起来。他已经离不开女人那香汗淋漓的温柔乡。他陶醉其间，在女人温暖的房间里一点点堕落。

不过中间他也会不停地担心，而没有彻底丧失理性。可现在孝子已经知道了所有的事情，也明白他借口外出写生，其实是去雅子那儿。所以对现在的桑木来说，和雅子多待一会儿还是少待一会儿其实都一样。尽管如此他也知道，如果能早些回去，妻子的心情就能多少好一些。这样他就可以去画画。他留意着时间尽早回去，只是为了获得片刻的平静，也是为了不至于因此毁了自己的工作。不过那平静就如人造的薄冰一般，不知道何时一个浪花打来就会碎掉。

从雅子那里开车回家时，他总是绞尽脑汁地揣测孝子的心情。他感觉这样的自己很没出息，并由此对自己生出厌弃。但一想到那个如同地狱的家，他就想开车逃到谁都不认识的地方去。而到最后阻止他这种冲动的，依然是他对工作的不舍。如果能放弃画画，那什么事都能处理得更干脆利落，可他还是下不了决心。

不过他在家就连三天都忍不了。他受不了同冰冷、带刺的妻子对峙，却也受不了与雅子长时间的分开。对雅子蠢蠢欲动的爱恋，驱使着他去打开车库。离开家时以和妻子的争执告终，回到家时又以妻子的吵闹开始，同雅子的欢愉夹在两者中间。他明明再清楚不过这短暂的欢愉会将他拖入无休止的地狱，可他还是抑制不住自己的心。

一天晚上，桑木由于比平时晚归，到家后并未看到孝子。他知道孝子常生气地早早睡下，也就没太在意，反倒松了一口气。这样一来暴风雨就会推迟到明天早晨。今晚哪怕只有一个晚上的时间，他也可以安静地待在画室里。他们的孩子已经上了中学，房间和他们的卧室有些距离。这孩子最近在家里也一句话都不说，变得畏畏缩缩。

从卫生间出来，桑木忽然在走廊听到了鼾声。

孝子自从发生这些事后，由于失眠，一直在吃安眠药，所以桑木马上知道了打鼾的正是孝子。有时候因为安眠药的作用，孝子甚至会忽然发出几声尖叫，或者咬牙，或者低声呜咽。而无一例外，她的声音里似乎充满了委屈。她的脸日渐消瘦，皮肤粗糙，皱纹也多了。吃过药以后，孝子的身体总是摇摇晃晃。看着这样的妻子，桑木也后悔了，可妻子不断与他挑衅、争吵，或者故意吞下安眠药然后发出喊叫和呻吟，怎么看都像拐弯抹角在讽刺他，实在可恨。

但是，他又很快感觉到，当时他在走廊听到的鼾声与以往不同。不规律，而且似乎很痛苦。桑木心下一惊，急忙拉开了房门。他打开灯，看到孝子的头从枕上滑落，正张着大嘴。安眠药瓶滚落在枕边，被子里露出她外出时穿的和服，桑木一瞬间呆若木鸡。

10

桑木驾车撞死人，是在孝子自杀未遂一周后。当时他的副驾驶位置上，还坐着雅子。

孝子企图自杀后，他的大脑一片混乱。不知道她是否真的想寻死。附近的医生接到电话很快赶了过来，然后和护士一起给孝子洗了胃，说虽然误服了太多安眠药，不过所幸还没达到致死量。医生也许隐约觉察到了孝子自杀的缘由，但话里却一直说是过失。尽管早与这位医生相熟，桑木对他还是感激不已。

她难道是假意自杀吗？从医生的话推测，孝子既可以说是故意服用了不致死亡剂量的安眠药量，也可以说虽然决意自杀，但因为欠缺这方面的知识，所以没有死成。桑木并没有在家里发现孝子留有遗书，所以也无法判定她究竟是不是真心寻死。

雅子安慰着束手无策的桑木。她没有太多提及孝子自杀未遂这件事，似乎认为以自己的立场不便多言。她的这种思虑让桑木心存感恩。雅子当然也从中受到了打击，但她没提自己的感情，和桑木见面时只是温柔地拥抱他，想让他忘记所有的事情。雅子在此时表现出来的温柔和深情就像姐姐一样，让桑木深深地为之依恋。可此时雅子所能带给他的也不过像是一个太过虚幻的美梦，他只能在其间短暂地忘掉现实。不过他现在的神经太敏感了，这梦极易惊醒。一旦醒来，似乎意识马上又飞回了自己支离破碎的家。他自己也明白，这是得了神经衰弱。

那天晚上，雅子说不放心，要送他一程。以前从来没有这样过，也许是因为他的模样实在是让人担心吧。桑木让她坐上了车。

那本是一条很宽阔的马路，街灯明亮，路的另一侧停着一辆出租车，车旁站着一个人。两侧车流如织，那人却立在车道中间。看样子是因为在这侧没有等到空的出租车，所以等看到反方向开过来的空车，便急切地想要跑着穿过马路，在非人行横道的地方拦停出租车。

其实桑木在五十米外就看到了，但以为那人要上出租车，所以就没有减速。那人靠近停下的出租车，似乎在和司机攀谈。道路的另一侧车流成行，他应该知道自己身后很危险。桑木想着这些时，其实已经距那人只有十米远了。接着，猝不及防的事情发生了。那人离开出租车突然向后退了两三步。但就是这退后两三步的工夫，桑木踩刹车却已经来不及了。旁边的雅子喊出声时，前面的人影已经在空中高高跃起后消失在了正前方。桑木感觉车身下有钝钝的撞击感。

桑木下了车，看到街灯照着的对面路上，大约三米外躺着个黑漆漆的人影。他膝头无力，如同涉水般走了过去。

　　桑木靠近躺着的那人，用力喊他，却无人应答。那是个中年男人，看打扮应该是个上班族。桑木本想把他抱起来，但手刚一伸到男子的头下，就感觉到了男子头部溢出的水。在街灯和其他车前灯的照射下，桑木终于看清了，那不是水，而是男子流出的鲜血。他瞬间呆若木鸡，不知道该如何是好。

　　旁边路过的车一辆接一辆停下来，人们聚拢过来。

　　"这个开车的男人，从这人身后速度特别快地撞了过来。这人当时正要过马路。我看见了。估计他开车没有看前面。路上这么亮，就算不是人行横道，也不可能看不见有人过马路。"

　　刚才的那位出租车司机大声向聚拢过来的众人解释着。死者本打算坐他的出租车，和他交谈过，但他也许不太顺路，所以拒绝了。因此客人放弃了交涉，可能想找找后面有没有空车，没防备地向身后退了两三步。桑木这么认为。司机高声说这番话是为了隐瞒拒载的真相。

　　还是雅子这个时候喊了一句："快叫救护车。"看热闹的人群里马上有人说道"原来是和女人一起啊"。

　　"有女人坐在旁边，开车不看前面也是当然啦，对吧？"

　　出租司机带着蔑视的目光瞥了桑木一眼，冲人群大声说着，似乎在寻求路人的赞同。

——秋日过半，桑木因过失杀人罪被判处四个月监禁，他要去服刑的是位于千叶县的监狱。

有朋友建议他上诉，但他还是认了罪。

死者是一家公司的科长，很能干，将来有望成为公司的领导。死者的家属们悲痛欲绝，索要了一大笔赔偿金，桑木尽可能满足了他们。虽然在金钱方面做出了赔偿，他还是被从重追究了刑事责任。

"本次事故中，被害人违反道路交通法第13条第2项规定，在禁止横穿马路的区域横穿道路。在与××出租车公司司机K交涉未果后，被害人试图前往人行横道，先是止步然后后退了两三步，从而导致了事故发生。被害人有极为严重的过失，但事故的主要原因是被告作为机动车驾驶人，没有尽到注视道路前方的基本义务，驾驶时不能专心致志，时速每小时40公里，完全没有注意到被害人通过，致使机动车前部撞到被害人。我国目前的道路交通现状是，即便行人同机动车分开的路段，因行人可能选择横穿机动车道，所以大多数道路为机动车、其他车辆以及行人共同使用，与行人相比，机动车具有更大的交通隐患，因此为保障共用道路的交通安全，对机动车驾驶人有着比行人更多的规定义务。在本判决前，被告和受害人家属已达成和解，被告同意赔偿受害人家属1200万日元，但检方认为，这一赔偿不足以改变本判决中的量刑。"

判决理由大致如此。律师说如果上诉，也许可以免除刑事处罚。

熟悉法院判决的朋友同情地说，由于近两三年交通事故致死人数激增，虽然以前只处以罚金就行，但现在法院多主张实刑。检方很重视副驾驶坐着雅子这个事实，认为他驾驶时有可能没有目视前方，所以在判决里特意提出了这点。尽管无法取证，不过这确实影响到了法官的判断。

桑木决定服从这一判决，很大原因来自他对死者的歉疚。自从患上癌症后，他一直在心里与死亡做着抗争，自然的暴力更是让他瑟瑟发抖。他一直苦苦挣扎，希望可以活下来。他以前从来没有如此认真地思考过死亡。然而，那个人却连"认真思考"死亡的时间都没有，就被他意外夺走了生命。逝者的亲友或者同事肯定对他抱有期待，而他自己也或许尚有未曾实现的大志。

桑木渴望摆脱死亡，不惜苦苦挣扎，是因为他对自己在绘画方面仍然保有相当的野心，但艺术上的欲望和在公司出人头地的欲望相比，到底又有什么差别呢？他对死者怀有强烈的负罪感。

而且对桑木来说，上诉后到二审判决前，要在家里待那么久也是一件太过痛苦的事。孝子骂桑木说这一定是老天爷对他的惩罚。事故发生时雅子同在车上这件事，也让她怒不可遏。

比起那个如同地狱一般的家，他更想在一个被隔离的地方独自待着。他的前辈、朋友以及画商联合向裁判长递交了减刑请愿书，这也让他极其痛苦。在被监禁的四个月里，他打算脱离社会，好好审视自己。就算仅仅是和孝子分开，他相信自己也可以得到一些喘息。

他先是被送到了 ×× 监狱。这里的单间牢房约有五平方米，铺有地板，除去的洗漱台和便器，起卧大概只有两张榻榻米大。他在这里切身体验到了国家机器的巨大力量。甚至因为亢奋和屈辱，刚来的时候，他至少有两三个晚上都没睡着。

孝子和雅子都曾给他送过东西。监狱不允许送吃的，所以孝子和雅子给他带了衣服、日用品，以及书。那时天正要转冷。他用的主要都是雅子送的东西，一方面因为质地更好，另一方面则因为雅子送的东西仿佛寄托着她的情意，他用起来心里也轻松。而对于孝子送来的东西，他一直放着未动。

十天后，桑木被送去了位于千叶的 ×× 监狱分部。一起被送去的人都是驾车致人死亡的。他们之中有年轻的卡车司机和出租车司机，有中年的公司职员，以及商店的老板，等等。

千叶的监狱远离城镇，由旧时的陆军兵营改造而成。附近只零零星星地新建了几栋小型住宅，依然留有从前荒野的模样。也因此这里没有高高的混凝土围墙，周围只像美军基地一般到处都拦着铁丝网。

桑木刚到这里时一度感觉无所适从。去操场或者从牢房去工厂时，附近的住宅和路上的行人可以看得一清二楚。不是因为怕被人看到所以感觉不快，而是因为望着熟悉的市井生活，他的心中难免有些动摇。

在单人牢房时，他和新来的同伴们一起聆听了监狱看守的训话。这里的单人牢房也是五平方米，其中洗漱台和厕所就占去了三分之一。之前的监狱厕所是单独隔开的，水冲式，但在这里，掀开牢房角落的地板，下面就是便壶。在没适应之前，他都无法大小便。墙上挂着扫帚、撮子和掸子。有张小桌，既可以做餐桌，也可以做书桌。看守和他们讲解了在如此狭窄的牢房里应该如何生活，如何使用仅有的器具。他对此佩服不已，甚至觉得监狱想的竟然挺周到。

看守还在走廊给他们逐个做了演示，这个要这么用，一定要这样。解释每告一段落，他都会同犯人们确认："可以了吗？大家都明白了吗？"大家齐声回答："明白了。"

监狱的窗户和门上都安装有铁格栅，桑木在这里住了一周。虽然也很亢奋，但没有出现第一次被关进××监狱迟迟无法适应的状况。

这栋监狱全是单人牢房，混凝土建造的细长走廊上，左右各有二十个单人牢房。他能看到走廊对面四个上锁的牢房。有的房间从上部的铁格窗能看到头在动，有时还会碰上那边的人也在看他。右边相邻的房间始终窸窸窣窣，但左边相邻的房间只偶尔发出声轻微的响动，安静得像是没有人。

在这里，桑木还能听到四面八方传来的各种声音，有收容者结束了封闭的单人牢房生活进出工厂的脚步声，有早晨和下午的点名声，还有重新学习机动车驾驶的声音。每到周日，甚至还能听到操场传来的打篮球的喧闹。

这座监狱没有恶性罪犯，也没有强奸犯、纵火犯或者抢劫犯，大家刑期都很短，待遇要比普通监狱好许多，服刑人员的行动也相对很自由。

穿着浅蓝色囚服的桑木蜷缩在单间的角落里。

审视自己——这个计划他距离完成还有很远的路要走。最初他脑海中涌现的都是雅子和孝子，然后是画坛的友人、熟人和画商的脸。还有因为此次事件，对关进这种地方的自己嗤之以鼻的竞争对手。

他认为自己还没彻底适应这里的环境，所以才会心存诸多杂念。尤其自傍晚起，他总是感到格外痛苦。雅子独自吃晚饭、独自铺床的身影也总是在他眼前闪现——来到这里他才发现，四个月的刑期对他来说真的太长了。

11

一周后，桑木从单人牢房被移到了住有 14 个犯人的大牢房。他们现在被叫作"训练犯"。同时他接受了分配工厂前的适性检测。狱内有各种工厂，犯人们可以在那里参与铁丝网、机动车橡胶零件等物品的生产，也可以做些纸盒模裁、活版印刷、农耕、食品加工之类的工作。食品加工主要是做酱油和味噌。

　　桑木选择了去做植字工。因为其他工作都会使指尖变得粗糙。有一段时间他甚至想过放弃画画，但最后却发现画画是自己唯一无法割舍的东西。

　　孝子第一次来探视时是带着孩子来的。探监室同办公室隔着走廊，屋子里只有四壁的白墙，房间昏暗，双方隔着铁丝网，不过他们见面时并没有看守在场。

　　"你还好吗？"

　　孝子望着身穿工作服的桑木，貌似并没有特别激动，她的目光和声音似乎都很普通。

　　"家里没什么事吧？"桑木问。

　　"没有，我最近都睡得很好。"孝子语带嘲讽。

　　"我不在家你们大概会过得更好。"桑木说。

　　他觉得不再去雅子那里，孝子也就不会暴跳如雷。孝子轻轻笑了。

　　"那女人比我先来探视了吧？"孝子突然厉声问道。

　　"没有。"

　　"真的吗？"

"要是觉得我撒谎，你可以让工作人员帮你查一下探视人登记册。"

桑木在此刻又感受到了两人在家时经常出现的博弈。旁边正同收容者说话的老母亲和妻子似乎吃了一惊，也朝这边看过来。

上中学的儿子嘴巴紧闭，只有眼睛不停地转来转去。桑木问他学习如何，孩子也只艰难地回答了只言片语。孝子拿出给他带的毛巾、牙刷、厕纸，以及接待处许可的杂志后，然后便回去了。从东京过来只要一个多小时，但是她没说下次什么时候会再来。

桑木回到工厂，心中的杂乱很久都没消失。他一方面感到寂寞，另一方面又裹挟着几分对孝子的愤怒。说起寂寞，很大程度上源于雅子没来探视他。他对雅子的感情更加饥渴。

不过，他读过看守转交的雅子的信后，方才明白了其中的缘由。信中写道：

"我能想象你现在的生活有多么不遂心，何况你刚刚手术完不久，我也非常担心你的身体。我见了看守，还请求他可以给你的饮食软一些。好不容易来了这里却见不到你，我感觉自己很可悲。看守说只有本人的妻子以及三等以内的亲属才可以探视犯人，像我这种情况就完全没办法。当我被问到同你是什么关系时，我也不知道该如何回答。打个不吉利的比方，这让我想到世间那些无法向死去的爱人做最后告别的女性。很抱歉写这些，你尽量不要多想，就当进了工厂锻炼身体。也尽量放轻松一些（那里的工作又不适应，想来你一定很辛苦），好好锻炼一下体力吧。四个月转瞬即逝，听说你成绩优异，一定能早点儿出来。在那之前，我可能会把更多的精力放在工作上，以缓解悲伤的心情。请一定多保重。"

桑木流下了眼泪，似乎看到无精打采的雅子，在这样萧瑟的冬日，因为见不到自己而悲伤地坐车返回东京的样子。

以户籍关系决定谁可以来探视自己明显太不合理。比起渐行渐远的妻子，这个心心相印的女人才是自己真正的人生伴侣。自己明明更想见到她，却因为一纸户籍上愚蠢的规定而被拒。要说外人，因为偶然的联结走到一起、已与自己毫无感情可言的妻子才更是"外人"吧。

这所监狱里的收容者里明显年轻人居多，三十五岁以上的人只约占全体的四分之一。这四分之一里有公司的高级职员、教师、司机、推销员、小型企业的社长、商店老板等。大家终日混在年轻人中间一起开朗地干活、娱乐。他们每天的实际劳动时间是六个小时，下午三点工作就会结束。余下的时间，他们可以组成不同的兴趣小组，或者去图书室看书，或者选择听唱片、下象棋、写俳句。只要同值周班长说一声，甚至可以自由去狱内的任何地方，看守也不跟随。

渐渐的，桑木同这里的人消除了生疏感，甚至开始有了几丝同伴意识。不方便的是这里禁止吸烟，还没有火取暖。白天寒风呼啸，夜里寒冷彻骨。

每逢有家人来探视后，很多人都忧心忡忡。看着他们，桑木想象着也许这些人有着和自己相似的情况。但过了一段时间大家偶然聊起，他才得知他们忧心的并非此事，而是自己不在家的这段时间可能发生的意外：因关键的老板不在所以经营不顺；事业被共同出资人霸占；被工作单位炒鱿鱼；等等。他们的妻子、父母或是兄弟姐妹往往会带来不好的消息，然后顺便与他们一起商量。

"刑期虽然很短，但因此破裂的家庭却也不少，听说啊，还有人的老婆跟着相好的跑了的。"一位同伴说道。

桑木暗暗祈愿，虽然抱歉，但妻子能这样多好。不过这样的事情不可能发生在孝子身上。她的性格里完全没有这类因素，她是个很现实的女人。

而一想到雅子，他的想念里总是伴着某种肉欲的冲动。一想到自己不在身边时她的状态，这种心情就更加强烈。会把更多的精力放在工作上，以缓解悲伤的心情，她信上写的这句话似乎也在暗示此事。

孝子又一次来探视，看守到印刷厂通知他，他不情不愿去了探监室。

孝子一开始就眼睛发亮，咄咄逼人，同在家吵架时一模一样。是发生什么事了吧，桑木的直觉告诉自己。

"我在附近的车站遇见那个女人了。"

今天旁边没有人，她也没带孩子，因此孝子毫无顾忌地说道。

桑木好一会儿没说出话来。

"虽然是坐同一辆电车来的，但车厢不同所以我一开始还没发现。可没想到的是，我们却在站前的公交车站碰上了。那女人看到我，满脸通红逃进了车站。"

"……"

"那女人，是来看你或者给你送东西的吧，脸皮还真厚啊。明明看守都说了不允许她来探视。"

孝子宛如打了胜仗般洋洋得意。貌似她上一次向监狱的看守确认过，知道若非妻子其他女人不被允许探视犯人。

仗着自己是名义上的妻子到底有什么意义呢？不是这样的，桑木很想这么说，但还是忍住了。和孝子见面五六分钟后，他就提出了结束。

桑木想象着雅子在妻子的怒视下，以何种心情从车站返回东京，他坐卧不安。雅子一定被屈辱和失望打击得心灰意冷。她遇上孝子真是不走运。这对自己来说也是不走运。

从探监室返回工厂的路上，他立刻组织了措辞，想给雅子写封信。但是，对孝子的憎恨扰乱了他的思绪。

每一间牢房前都绽放着寒菊。

自己的信还没寄出，雅子的信就先到了。

"今天我本来想去见你，但在车站看到了你夫人，所以马上又返回了东京。我一想到自己的身份，仍然觉得可悲。回到公寓后，我也一直在哭，可我对你的感情没有丝毫改变。听说探视有规定，不过我打算去见见监狱的负责人，求他们达成我的心愿。"

信中大意如此，写着凌晨两点记。

过了四五天，桑木被庶务科长叫了去。科长五十多岁，已经白发斑斑，性格也很温和。两个人在小房间里面对面坐下。

"你认识一位叫高冈雅子的妇人吗？"

科长对桑木表现得很尊重，面带微笑安静地问他。

"是，我认识。"桑木点点头，心想大概是她的信在检阅时被看到了。

"她和你是什么关系？"

桑木没有说话，不是拒绝回答，而是在思考怎么说。

科长接着说道："问你们的关系不是因为别的，而是因为那位妇人昨天来过，说一定要见你。"

"昨天吗？"

看样子雅子寄出信后没多久就来了。

"嗯，然后呢，我告诉了她我们这边的规定，她说她都知道，问有没有什么办法。看她心切，我就告诉了她一个前例。有个收容者有妻子，但是也有情人。他说从这里出去后不愿意再回到妻子那里要去情人家，而且情人也说会接他回去。因此，我们也允许情人同他见面。我把这些和她说了，结果那位叫高冈的妇人说，你出狱后她愿意收留你。"

桑木垂着头。这些话雅子确实说得出来，他心里五味杂陈，各种思绪翻涌。

"你打算怎么办呢？……这种问题我们无法介入，当事人之间的事情，第三者也不能随随便便给出判断，你好好想一想，稍后给我个答复吧。"

桑木心中向上翻涌的东西脱口而出："科长，我要去高冈那里。所以，请允许我们见面吧。"

庶务科长用意味深长的眼神看着他，点了下头同他确认："你确定吗？"

之后的三四天里，桑木一直在思索这个问题。最后他得出结论，这是他同妻子离婚的机会。就算回家，也不过是噩梦重现。

他太清楚那是地狱生活的继续。和妻子分开估计很麻烦，但这早晚都无法避免。他没有信心能完全靠自己解决，但目前显然是个好机会。

桑木想，重新开始自己的人生吧。和雅子一起生活自己一定会保持心情的平静，而自己也可以画出更好的作品。总之，他认为雅子的助力会让自己顺风顺水。

现在的房子他会留给孝子，而他和雅子可以暂时租个小房子。他想让雅子辞掉工作，两个人一起住，而自己可以在平和的生活里好好地画画。想到这里，他有些紧张，却又鼓足了勇气。

他和雅子在监狱的户外探监所见了面。那里很像园子里的亭台，在旧兵营时代是士兵同家人见面的地方。当然也有其他探视者在旁边，年轻的看守只是从很远的位置望着这边。

亭子周围的花坛里，寒菊凌乱绽放着。

"我发誓会接你回去，看守这才终于允许我见你了。"雅子见到桑木最先说道。

那次后雅子又来探视过两次，但从那以后，孝子就没再来过。和雅子见面的这些事情他不觉得妻子会知晓，但妻子这段时间也不再露面，桑木感觉这仿佛是命运的某种暗示。

"你还要在这儿待多久？"第三次探视时雅子问。

"正常的话还剩两个半月，不过基本都能早出去，最多还有一个半月吧。"

"一个半月？……好长啊。"

雅子茫然地望着远方。

两周后，雅子寄来了一张明信片。上面写着："因为马上要截稿，所以校对结束前都不能去看你了。"桑木将上次雅子小声说的"一个半月？……好长啊"和更早以前信上写的"每日忙于工作什么都忘记了"联系到了一起。

又过了十天，雅子又寄来了一张文字简短的明信片，说因出差到了京都。背面是南禅寺的图片。她漂亮的字迹和简单的文字让桑木爱意更切。

之后雅子没再来探视过。桑木想她一定很忙。

越过监狱周围的铁丝网，可以看到附近的住宅，有年轻的夫妇们不断地进进出出。

这里都是新式住宅，屋顶基本是红色或者蓝色。他想起和雅子今后的家，希望能租个乡下树木环绕的农舍。只需要在屋后加盖一间屋子当作画室就好——刚来这里时，透过铁丝网看着外面的"市井生活"曾让他觉得很痛苦，现在却成了乐事。枯黄的草又青了。冬天过去了。

假释通知比预想的来得更早。为准备出狱，他先是被转移到了一间单人牢房。不过和之前拘禁时的单间不同，房间的面积虽然一样，但地板却变成了榻榻米，墙上还挂着镶在画框里的画。门上没有锁。橡胶底的木屐也给发了新的。一切都感觉像是在为新生活做准备。

出狱前一天，桑木给雅子发了电报通知她，却没有告诉孝子。

但出狱当天早晨，发给雅子的电报上贴着"查无此人"的单子又被退了回来。桑木一头雾水。当然雅子和孝子都没来接他。

桑木去了雅子的公寓，才得知她已经搬走。管理员告诉他，雅子已经再次回到了前夫那儿。

五天后，有人在四国的山中发现了桑木的尸体。

首相官邸

1

　　医务室上午九点开诊，十一点半结束，无论就诊患者是多是少每天都会严守时间。患者多军医就快些看，少就仔细些看。

　　营舍前要进行早点名，中队值周士官简短（有时也很长）训话后，值周下士会对队列中的士兵们说："有需要去医务室的人请报给班长。"早饭后，便可看到各中队的士兵，在缠着红袖章的值周上等兵的带领下，走下一个缓坡，前往联队西南侧一栋长长的楼，那里就是医务室，这时是八点五十分。

　　诊室里又大又冷。圆圆的炉子间隔开摆了三个，但这是给军医用的。要是连指尖都冻僵，医生就不能看诊了。只有在军医面前半裸着坐下的士兵，才能够享受这转瞬即逝的恩泽。

　　有三个火炉是因为三个大队各有一位军医，但现在定员缺一名，所以两位军医要负责十一个中队。一个大队下有三个中队，三三就是九个中队，再加上机关枪队和步兵炮队。

　　就诊的士兵一多，炉子里的火苗就算再微弱，诊室里的空气也会因为这些男人身上的味变得温热。联队到处都是刚来一个半月的新兵，他们一月十日才入伍。但三月份整个师团就要被派往中国东北寒冷地区，因此今年新入伍的士兵多于往年。来就诊的几乎全是新兵。

这些新兵基本是由值周上等兵带队，很少有值周下士。下士要负责训导新兵，根本没有时间来医务室。现在正值新兵为期三个月的第一期基础教育，接下来部队即将进行严格训练。这是日俄战争三十多年来，第一师团再次被征调。

来就诊的新兵中很多患的是支气管炎，其次也有擦伤、扭伤和冻伤的患者。擦伤和扭伤大多因为训练。而感冒和冻伤则与一月中旬以来的寒冷天气以及他们尚未适应军队生活相关。因感冒来医务室就诊的士兵大半来自东京周边。

隶属第二大队的森田军医中尉此时正利落地进行着检诊。第三大队缺一名军医，因此由森田军医中尉和隶属第一大队的野村军医中尉各负责一半。第三大队各中队的患者，森田军医和野村军医都行，可以随意挑选就诊人数少的一列。

森田军医的诊断非常准确。见习医官木村站在一旁常常暗自钦佩。军医通常会先瞥一眼患者在就诊单上写下的有何不适的幼稚文句，三言两语问诊一下。然后如同固定模式一般从双眼眼睑开始检查。最后，则按照规定告知带队的各班值周下士或者上等兵，"练兵休三日""静养五日"，或者"住院"。"军医需告知率队者病名、诊断分类、伤病等级、发病月日、综前所述的治疗方案，以及预防、卫生等方面的注意事项，并检查患者记录。"森田军医诊断一个人就连十分钟都用不上。没有任何冗余，他的处理简洁、准确。木村在 T 大学附属医院的内科科室实习过不到十个月，他最初看到森田军医诊病时瞠目结舌。这诊断太简单了，他有些不安。多的时候一个军医要负责三十个人，而且必须在两个半小时内处理完，诊断当然需要权衡人数和时间。木村本以为因为患者都是士兵，所以医生觉得无所谓，只是按照人数多少随意看看罢了，但是从森田军医诊断的情形看，却并非粗枝大叶，而是极为高效，甚至他的诊断过程有一种节奏感。想一下也是，在这里完全不需要对患者多么和蔼可亲。

与森田军医相比，野村军医则会按照人数决定诊断方式。前面的患者他看得倒也仔细，但渐渐就开始应付差事了，处理也可谓简单粗暴。他站起身，看一眼就诊队伍，发出一声"哇，今天人好多啊"的感叹，然后一脸不耐烦在椅子上坐下。这样当天的诊断方式就定下来了。有些轻微支气管炎，一般要求病人停止训练、休息两天，就把他打发走了，甚至都不用听诊器仔细听一下。有一次，他诊断是轻微的支气管炎，结果那个士兵其实患的是急性肺炎，等到后来那个士兵从医务室的休养室被送去卫戍医院时，险些丧命。野村军医比森田军医资历老，他胖胖的，神采飘逸，在医务室的护士兵中很受欢迎。

就诊要按照中队顺序来，机关枪队因此被排在最后。森田军医看完十一中队的一半士兵后，瞥了一眼排在后面的机关枪队。机关枪队的就诊患者一直很少。以前他曾经说过这话，他此时又回头看了一眼站在身后的见习医官木村和天野。天野和木村一样，都隶属于机关枪队。

森田军医望着机关枪队为数不多的就诊士兵，唇边泛起浅浅的笑意，但这既不是对机关枪队的士兵身体状况感到满意，也不是因为规定的十一点半的看诊结束时间将近。不过最开始时，木村却是这样理解的，他作为枪队附属的见习医官感觉很骄傲——那是军人的矜持，纯真又微不足道，但是一次次看到森田军医的微笑后，他终于发现那其实是讽刺，其中甚至还掺杂着冷嘲和反感。

森田军医冷笑的另一边，无疑是机关枪队队长的脸。那位中尉必须一刻不停地使自己陷入繁忙中，否则就坐立不安，在联队也是异于他人。一双细长清秀的眼睛，脸上却满是固执，无论语言还是肢体，似乎无时无刻不凸显着他的紧张。就像一张两端弯曲、用力拉满的弦一样，那紧张从他的肩膀和走路的姿势都表现了出来。任凭谁看到，都会想青年将校的化身这个形容对他再贴切不过。

机关枪队的训练很大。虽然各个连队的新兵训练都比往年严格，但是枪队要远超过他们。其他中队都遵从着联队的既定方针，在此期间结束大部分基础训练，收尾部分留到战地进行，只有枪队的目标，是要在开赴之前完成全部训练。"短期训练中，要求各科训练集中于随后战场的必需项目，同时应达到的训练目标尤其演练重点必须明确，需想尽办法达成目标。"从该着眼点出发，机关枪队队长展开了仅限于"随后战场必需项目"的新兵训练，他巧妙地利用零碎时间，以旺盛的热情弥补时间不足，以此为首要任务。他无论多短的时间都要训练。新兵八个人抬着笨重的九二式重机枪转来转去。说是间歇训练，点名后到早饭前的二三十分钟，其他中队简单操练枪剑时，枪队却利用类似短剑的竹剑训练进攻和防守。他们每天都去射击场，演习也很频繁。而且 M 教官铆足了干劲。下士和上等兵这些助教、助手们，连喘歇的时间都没有。新兵们一个个气喘吁吁。而 K 中尉自始至终都站在队伍最前面，按住佩刀，英姿飒爽。

森田军医唇边那似有若无的冷笑，就是冲着 K 中尉这勇敢无畏的姿态发出的。机关枪队的就诊患者一直少于其他中队，这看来是队长的军人精神教育作为成果体现在了新兵的身体锻炼上。K 中尉对此一脸自豪，但森田军医嘲笑的背后正藏着对他的反感。那不是指责对方的训练方式不讲求科学，而是源自本科将校和医官之间横亘已久的差别意识。

森田军医毕业于一所陆军军医学校。他不是从普通医院或者乡镇医生中被召集来的。但即便如此，面对本科将校，他仍然感到自卑。不过如果是一般性格的本科士官，森田军医的反应大概也不会如此明显。只是在面对像 K 中尉这样有强烈的自我展示欲的男人时，他的反感才表现得更加露骨。

木村以见习医官的身份，对森田军医的微笑有过上述一番揣测。

木村去年三月从 T 大学的医学院毕业，十二月份入伍前一直在该大学的附属医院工作。因为享有延期服兵役的优惠政策，所以他入伍时已经二十六岁了。他不想和二十一岁的壮丁一起经历辛苦的新兵训练。按照规定，有医师执照的人可以报名参加军医，负责征兵体检的官员也积极地向他如此建议。所以他在入伍到步兵第一联队的同时，成了一名军医候补生，直到今年一月一日被分配到机关枪队。紧接着，他又在二月一日受命成为见习医官。他作为新兵只参加了一个月的训练。剩下的一个月，作为枪队的军医候补生，他的教育由医务室的高级军医和各大队军医、医务室的护士特务曹长等人负责。这个联队的军医候补生共有十人。但军队给他们安排的培训徒有其名，高级军医很少在他们面前现身。野村中尉和森田中尉也只在最开始的两周，等到看诊结束后的下午，给他们上过几节课，之后他们一直处于"自习"的状态。医务室的特务曹长是从现役志愿兵提拔上来的，年纪轻轻却长相老成，他只花了三天时间讲了下卫生事务和文件制作等一些烦琐的内容，之后就一直在自己的办公室闭门不出。对他们来说，联队并不是教育机构。

军医候补生的待遇等同于干部候补生，但没有干部候补生的兵科特别训练部分。说到兵科特别训练，那比普通新兵的训练更为严苛。对将来可能会成为自己长官的人，下士们会趁现在欺负一下，而上等兵助教和助手的嫉妒也使得他们乐于推波助澜。但军医候补生的训练只有上述医务室的那些，简直聊胜于无，也感受不到被虐的充实。而且，军医候补生和干部候补生一样没有任何勤务兵，所以他们只是在中队的房间里带着有始无终的心情起居而已。

不过，其他兵科演习时他们也会被一起带出去。行军时跟在士兵最后，演习时则在队外旁观。

2

见习医官既非将校也非士兵，又不是下士。虽然他们戴着曹长的领章，但旁边还有一个星星图案的圆徽章。这个徽章叫座金，是见习士官身份的象征。不过如果他们受到什么惩罚（严重违犯军规时），将被直接降为一等兵。

兵科的见习士官受中队长之命会担任新兵教官，但见习医官没有这种任务。护士兵是归中队管辖，也不是他们的部下，这种双重规定让见习医官处于一种尴尬的境地。中队在将校室旁边给他们配了一间见习医官室，他们在此起居，房间倒是有勤务兵，不过对他们并不热情。

见习医官的直属长官同样具有双重性质，他们既是高级军医，又是所属中队的中队长。"高级军医执掌见习医官的教育，并处理医务室各种业务。""中队附属诸官需遵从中队长之命承担各自职务。"如此他们被夹在军队这两项规定中间。不过配属在中队的见习军医能否算入"中队附属诸官"尚且存疑，但是他们既然寄居在中队内，那无疑应受中队长指挥。

上了年纪的高级军医是那种优游卒岁的男人，可机关枪队队长却让木村和天野感受到了威严和压力。今年一月初他们刚被配属到机关枪队时，两人曾去队长室报告。K中尉当时从椅子上起身，端正姿态听他们说话。那双眼睛细长清秀，但目光却冷漠、锐利，他凝视着二人的脸，嘴巴紧闭成一条线。报告结束后，队长以洪亮有力的声音说，机关枪队是步兵联队的精锐，你们必须以配属到枪队为荣，发奋学习。机关枪队队长明明比木村和天野小一岁，今年只有二十六岁，但看起来却好像比二人年长许多。

天野曾对木村说起，K中尉虽然长着一张书生的脸，目光却让人瘆得慌，有点儿像是刑警的眼神，不对，那眼睛里就像是附着什么执念。K中尉的脸色也不是正常的白，而是苍白，而且一遇到什么事，就会突然脸红。

虽说口口声声让他们发奋学习，但机关枪队队长对军医候补生连看都懒得看一眼。在走廊或广场遇见天野或者木村向他敬礼时，他也只是轻轻示意，然后快步经过。K中尉无时无刻不在忙。两个人在医务室或军医候补生室做些什么，他也一概放任不管。但是，木村却一直有种感觉，仿佛这位队长无时无刻不在哪个角落盯着他们，这让他感觉很不舒服。K中尉有时会把中队办公室的特务曹长叫进队长室，然后厉声训斥，貌似是因为他对提交给联队总部的报告不满意。队长室旁边是将校室，再旁边就是军医候补生室，声音很容易传过来，他们甚至还能听到队长砰砰开关门的声音。这使两人感觉，好像无论军医候补生在做什么，队长其实都知道，但只是因为他们不是定员，所以故意选择了不闻不问。

等到二月一日两人成为见习医官时，也一起去向 K 中尉报告。此时 K 中尉同样端坐于队长室里，庄重地听二人说话，就连凝视他们的眼神也和上次一样。"好好干。"他只说了这几个字。只有此处同一个月前那句"发奋学习"不一样了。

天野说 K 中尉的眼神有些像偏执狂。但是，这并不是天野的独创，似乎是他读了芥川龙之介的《将军》受了影响。"那偏执的眼神，尤其在这种时候，更添了几分瘆人的光"。不过，即便是借鉴来的，天野对 K 中尉的评价也是自己的真切体会。

说"好好干"的 K 中尉和以前一样，仍然没有把两位新的军医见习士官放在眼里。军医候补生的房间也只是把称呼改为了见习医官室，此外两个人被准许将长剑悬在腰间，行军时把军医急救包挂在肩上，只有这些细小的不同，而 K 中尉对他们的态度仍然一如既往地冰冷。

不过等到军医见习士官被任命为军医少尉时，不知道会被转到哪个联队。不过即便不转走，也会改为隶属大队，脱离中队，变成营外居住人员。在这个意义上，机关枪队对木村和天野来说都只是暂时的栖身之地。或许因为他们不是枪队的固定人员，所以才会被 K 中尉视作累赘吧。

然而从整体上说，他们还是因为医官的身份才被大家疏远的。

证据就是内务书上写的"本书中见习士官亦包括见习会计、见习医官、见习药剂师及见习兽医",由此处规定可见,见习医官比兵科的见习士官低了一级。而同样是寄居身份中队长对见习士官可是更悉心培养。

即使他们有天变成军医中尉或者少佐,他们同兵科将校的关系也不会改变。类似于出身不好带来的卑微会伴随人的一生。在医务室森田军医中尉望着就诊患者很少的机关枪队,似乎朝队列最后的 K 中尉投去带有敌意的冷笑,木村完全可以理解他的心情。

医务室的诊断最晚也会在十一点四十分结束,这是为了赶上十二点在将校集会所的午餐。十一点五十分,佐官和尉官们会三五成群地走上将校集会所内庭园般的林荫道。将校们有的谈笑风生,有的则独自一人,闷闷不乐似的低头走过。

这其中,经常能看到 K 中尉和第十一中队的代理中队长 N 中尉并肩而行的身影。他们二人关系亲密。N 中尉长着一张大方稳重的长脸,军帽下的容貌仿佛演军国主义电影或戏剧的演员。通常都是 K 中尉说,而 N 中尉微笑倾听。只有这时 K 中尉那双冷漠的眼睛才会眯起来,笑得仿佛能看到咽喉深处,而好像也只有这时,他才又重新变成一个普普通通的二十六岁的年轻人。看到这样的 K 中尉,森田军医中尉一定也会觉得自己的反感太不成熟吧。机关枪队的队属被任命还没多久,将校 M 少尉就对 K 中尉心悦诚服,认为他做教官可谓尽心竭力。

还有一位资历甚老的大尉也同 K 中尉和 N 中尉关系很好。

这位大尉是第七中队的中队长，听说他原本是位技术将校，又是天皇侍从武官长的女婿，因此在联队里很出名。木村也听到些风评，说联队长和联队资格最老的中佐都对大尉客客气气。这位惹人注目的高个子大尉在士兵中也被另眼相看。虽说他同 K 中尉和 N 中尉交好，但年龄上要比他俩年长很多，是两人的上级长官。他常能看到 K 中尉主动走近大尉和他说话，既像在和大尉商量什么，有时看气势又像在顶撞大尉。大尉则像兄长对待任性的弟弟一样不同他一般见识，或者耐心地对他进行劝说。另外一些时候，大尉弓着背以便同个子矮些的 K 中尉并肩，仿佛在认真倾听他要商谈的事情。

但是，这些都是木村偶尔瞥见的，他们二人并非总在其他将校、下士或者士兵前商量事情。

木村其实顾不上不停地观察前往将校集会所的将校们。因为他在将校集会所的午餐总是如同被沉重的铅块绑缚着一样，让他感到分外痛苦。

其实看一下餐桌的排列大致就能明白原因。大厅里侧正中间摆着一张横向的长桌，桌子上铺有白色桌布。接下来是纵向的三列长桌。横向长桌以联队长为中心，联队总部的佐官级将校朝外而坐。纵向的三列从靠窗起依次为第一大队、第二大队和第三大队，由所属各中队占据。而以见习士官为首的见习会计、见习医官、见习药剂师等"包含者"，则在联队干部们所在的那张长桌上同联队长等长官相对而坐。这张桌子就像婚礼上的主桌，若是将联

队长和联队资格最老的中佐比作新郎新妇，那见习士官以及包含
在内的见习医官们就是重要来宾，他们一定会最先被点名做婚礼
致辞。

在他们背后，木村知道大队长、中队长、代理中队长和中队
附属士官正分坐在三列纵向长桌的两侧。正处于学习阶段的自己，
前面摄于最高干部的威严，举筷放筷的手瑟瑟发抖，后面又被一
众长官时刻注视着，如果坐姿不端便可能会为自己招致批评。他
感觉后背仿佛都不再像是自己的后背，而就连勤务兵端上来的厨
房特制的饭菜，也都食不知味。

3

吃饭时，联队长会提问面前这些坐姿僵硬的见习士官和医官
们。联队长原是陆军省的科长。据说还是他本人主动申请从总部
调过来，因此倒也意气风发。联队长的提问当然也会落到见习医
官身上。比如兵营一言以概之是什么地方？什么是军纪？从未来
的医生误打误撞来到这里的人，通过这些问题都被自然而然地植
入了军人的精神。问题都很基本，全是军队内务书纲领中的条目，
见习士官和医官们希望自己能够倒背如流，可有时也难免会出错。

　　联队要在一两个月后奔赴中国东北寒冷地带，因此联队长的提问多是关于寒冷地区的卫生对策。比如，"怎样让水壶里的水不会冻住？""在寒冷地区易患哪些传染病？"被点到名字的见习医官会慌忙放下筷子，在椅子上端坐好，然后回答说："为防止水壶里的水冻结，可以混入少量砂糖或盐。"另一位见习医官回答了下一个问题："在寒冷地区流行性斑疹伤寒自古以来就是战场的主要疾病，它同肠伤寒、回归热经常三位一体来势凶猛。病原菌以虱子为媒介，作为预防，必须保持身体、衣服及住所清洁，同时谨防接触当地人、苦力、妓女以及浴池，以防染上虱子。""战斗中的冻伤是什么情况？"联队长换了个问题，然后点了另一个人。"根据《寒冷地区卫生提要》记载，就 364 名战斗士兵的冻伤情况进行了调查，其中因渡河冻伤的 121 名，于伏击时冻伤的 93 名，停战期间冻伤的 54 名，作战期间冻伤的 16 名，其中步哨 15 名，可以认为大致是按此比例罹患冻伤的。"回答的这位是见习医官志村，志村隶属第十一中队。这些都是为应对考试提前准备的成果。

　　和联队长并排，坐在最边上的是高级军医及野村军医中尉、森田军医中尉，他们认真倾听着见习医官们的回答。高级军医作为见习医官们的教育负责人当然紧张，这关系到自己在联队长那里的成绩。只有森田军医一副漠不关心的样子，仿佛只是单纯在旁听。野村军医中尉则完全不同于在医务室看诊时的草率，神情显得谨小慎微。

　　作为见习医官，此前学习的成就感在联队长于讲教集会所提问时最能获得。高级军医有时想起来会给他们上点儿课，但课程时间短，高级军医又敷衍。比起医生，高级军医更是联队的行政长官，他们忙得完全无暇顾及这些见习医官们。

见习医官室放置小箱子的架子上摆满了军队医学的书。虽然都是教科书，但在军医不理睬他们的情况下，就变成了见习医官们自学的教材。其中主要有《军队卫生学》《军队防疫学》《战伤学》《军队病理学》《选兵医学》《军队内科学》等等。

假如从这些书名中拿掉"军队"两个字，书中的内容和普通内科学、外科学、卫生学如出一辙，最多不过是集体医学的应用或者说结合。医学的目的是救死扶伤，治愈患者并使之健康地回归社会，但军医的目的却是保障战斗力量，让伤病人员回归战斗。而战斗又与死亡连在一起。治愈伤者的目的，仿佛就是为了杀一个人。这同医学本来的目的背道而驰，"军队医学"对这个矛盾是如何解释的呢？比如在《军队内科学》中，就有这样的记载。

"有人认为军队内科学不过是将普通内科学应用于军队，它与学校内科学、工厂内科学等集体内科学并无二致。要说军队内科学有什么特殊的存在意义，也不过是在普通内科学中加入战场背景即可。但是一直以来内科临床都以延长患者生命、减轻患者痛苦为主要目的，而军事则以各种战斗为基准，将士必须服从命令，为完成任务甚至要视生命轻于鸿毛。他们不仅要能忍受战斗条件的困苦、物质资源的匮乏，历尽艰辛，还要能够出生入死，因此我们认为不能将以往临床医学的目的，直接等同于军队内科学的目的。"

这里战伤、战死都没有形诸文字，而被"历尽艰辛"这样的字样代替。通过"出生入死""视生命轻于鸿毛"，将"理所当然"的战死视为目的。盛气凌人地做出裁决，因此不能将以往临床医学的目的直接等同于军队内科学的目的。

在这段话里，解说结论的过程中剔除了科学理论，以视生命轻如鸿毛的忠义，为军事同医学"目的"的背道而驰做出了裁决。

"关于这点森鸥外是怎么想的，我反复翻看了他写的东西，但只看到了一处。"

天野对木村说。天野喜爱文学，比起军队医学的教科书来，他读过的文学书更多。每次外出，他都会去书店买一些文学书，其中一部分甚至藏在别人看不到的地方。

天野拿出来一本据说是在旧书店找到的破烂不堪的杂志，《公众医事》第一卷十二期，上面有森鸥外的《兵役篇》。

"服兵役后可能无法顾全自己的身体健康。战时为军事目的理应抛弃健康和生命，这毋庸置疑。至于平日的操练，同样没有理由回避其间的辛苦。然而兵役中的卫生法，不仅符合人生博爱的宗旨，同样为达到军事上的目的，亦有不能否认的必要性。无论怎样，士兵的身体健康都是战斗力的要素之一。"

森鸥外说，军队卫生学在"人生博爱"上是必须的，同时士兵的身体健康又是战斗力的要素之一，是为军事目的而抛弃生命"毋庸置疑"的前提。于是医学目的之一的"人生博爱"明显被偷换成了"军事目的"。

天野说，森鸥外既是医生又是文学家，他一定也为普通医学和军队医学目的背道而驰烦恼过，结果却作为军人给出了勇敢的决断。

之后木村和天野展开了争论，森鸥外究竟是出于作为军人的忠义精神如此断言，还是基于职业军人的习惯而得出了该结论，又或者是森鸥外作为军官想要出人头地？天野偏袒森鸥外，采纳的是习惯说，但是木村认为是想要出人头地的野心占据了上风。木村的坚持其实隐含着他对天野的讽刺。天野一直惦记联队前的一家法国餐厅，说有《三田文学》^①的味道，每次从店前经过，他都会翕动着鼻翼，感叹道："啊，蒲原有明^②的味道，北原白秋^③的味道，小山内薰^④的味道。"

可是，虽然这么说，但天野从来没进过那家店。不，是不能进去。

---

① 三田文学：由永井荷风等创办的文艺杂志，1910年创刊。
② 蒲原有明：（1876-1952），日本诗人，生于东京，著有《春鸟集》《有明集》等。
③ 北原白秋：（1885-1942），日本诗人，生于福冈，著有诗集《回忆》《水墨集》，歌集《云母集》，童谣集《蜻蜓的眼睛》等。
④ 小山内薰：（1881-1928），日本剧作家、小说家，生于广岛，被称为日本"新剧之父"。

因为机枪大队的队长和第十一中队的 N 中尉，以及附近步兵第三联队的中尉少尉们经常出入那里。有一次他们还看到过地方人士来见这位机枪大队的队长。

K 中尉经常训诫士兵们说："现在世道堕落，重臣腐败，要改革就必须坚决地实行昭和维新。"每逢 K 中尉做值周士官，他都会在晚点名后到熄灯前的这段时间召集"石廊集合"。中队长室、将校室以及中队办公室所在的地方和各班所在的地方是分开的，中间有一块还算宽敞的水泥地面，也被当作连接营舍前后的通道。石廊就是对此处的称呼，每当值周上等兵挨班大声通知"石廊集合"时，木村都会心想"又来了"，然后和天野不情愿地一起跑出见习医官室。在联队长离开联队后，值周士官就换成了代理联队长。

K 中尉通常站在办公室一侧三四级高的混凝土台阶上，俯视着整个中队挤在一起的下士官兵开始训话。"重臣阶层阻塞了陛下的圣听，他们同政界、商界沆瀣一气，让日本腐败至此。如此下去日本必将灭亡。此刻我们必须坚决实行昭和维新，改革体制，驱逐重臣，恭迎陛下亲政。尤其 M 博士的'天皇机关说'① 乃是不忠不义的歪理邪说，没想到陆军教育总监竟然支持他。由此可见，即使军队上层也如此腐败。为实现昭和维新，我们必须继承 A 中佐的精神，他斩杀了奸臣 N 军务局长，我们要有做昭和弃子的决心。只有看到了昭和维新实现的曙光，我们才能够安心奔赴

---

① 天皇机关说：美浓部达吉等人主张该学说，认为主权在国家而不在天皇，天皇只是代表国家的最高机构。

新岗位，用生命守护日本。"——每次表达虽然有所不同，K中尉每次的论旨都是固定的。

士兵们无不俯首恭听，不过不知道他们是否真的能理解。大半士兵其实都只是义务教育的高等小学①毕业而已，其中还有人只上到寻常科四年级。实际上，只要仔细看一看，就会发现地下有相当多的听众早已昏昏欲睡了。

K中尉不可能看不透这些士兵的表情。他是一名经验丰富的统帅，能够从集合的士兵中立即指出谁的脸色不佳，而谁又没有目视前方。他为什么对士兵的倦怠视若无睹呢？

即便如此，K中尉依然继续着他慷慨激昂的演讲。他陶醉在自己的话里，全情投入。似乎士兵们懂还是不懂，有什么反应对他都无所谓。最后K中尉总结道："虽然大家暂时应该有些地方还不是很明白，但总有一天你们会懂的。总而言之，为了天皇陛下心甘情愿奉献自己的生命，这片心意是最重要的。也只有如此，日本才能国泰民安，安居乐业。怎么样，明白了吗？"新兵们齐声响亮地回答："明白了。""好，解散。"队长心满意足。

不仅是在石廊集合时，而且在广场训练，以及去户山原的野外演习时也是一样，K中尉经常在休息时让大家围成一圈，做相

———————————

① 高等小学：1886年根据日本小学校令设置了寻常小学（同高等小学并设时，称为寻常科），满六岁儿童入学，学制四年，后改为六年。学生毕业后可升入高等小学，学制四年，后改为两年。

同主旨的训话。不过在户山原，他有时还自掏腰包，让下士跑腿去附近店铺买一大堆年糕和板栗饼，然后回来分给新兵们。

4

对新兵做这样的训话是否恰当，木村有些疑惑。这种见缝插针的训话方式虽然符合《军队教育令》第 42 条"精神渗透乃教育之神髓，寤寐之间亦不可忽视"，但是第 43 条说，"敕谕及敕语诚为精神渗透之本源，无论何时何地，凡有机会即应根据具体问题晓谕圣旨之所在"，K 队长的训话内容却与此不符。必须铲除重臣，断然实行昭和维新，这些敕谕及敕语上无处记载。让人不禁质疑，而且想反问他，这是圣旨的本意吗？

M 博士的"天皇机关说"在贵族院受到了激烈抨击，去年冬天博士又在该院进行了阐释演说，当时木村尚未毕业。报纸上进行了大篇幅的报道，他对此印象深刻。军部竟然对一位教授的学说大肆抨击，学生们全都义愤填膺，觉得简直岂有此理。木村也这么想，但他并没有特别设身处地去思考，只是对同自己无甚关联的地方发生的事情有些是非观念而已。K 中尉的精神训话中屡屡提及的 A 中佐也是，光天化日之下，军务局长竟然在陆军省被地方部队的中佐刺杀，报纸上还报道得洋洋洒洒。A 中佐身穿陆军礼服的照片也留在他的记忆里。他想大概是陆军上层发生了什么内斗吧，但对此并无兴趣，认为那不过是在他遥不可及的地方发生的一起很寻常的事件。年轻军人倡导的昭和维新他在报纸上也见过，同样没什么切身体会，只觉得那是个很空洞的字眼。

木村十二月入伍，但因为自己只是军医候补生，他觉得军队上层的事同他没什么关系，所以也丝毫不关心"天皇机关说"。

然而等到四十天前，也就是今年一月十日欢迎新兵入伍时，K中尉视若兄长的第七中队队长，那位老资历的大尉作为当时的值周长官，为陪同新兵一起来的家长们做了致辞。木村、天野和其他军医见习生，都被召去帮忙做新兵体检，因此也都听到了。致辞在匆忙设于广场的慰问演出舞台上进行，当时大尉说的也是反对"天皇机关说"、反对重臣、颂扬中佐。昭和维新这个词他也听到了。明明是社会上发生的事情，身在俗世时都无缘的话题，却在自己置身的新环境里，在近在咫尺的地方鲜活地存在着。

被分配到机关枪队后，K中尉的精神训话，让"天皇机关说"和昭和维新愈加频繁地潜入到了自己的生活中。队长捕捉各种机会"反复说示"，现在木村已经对它印象深刻，感觉昭和维新仿佛就发生在自己身边。

不过，即使是在身旁，木村仍然觉得那同自己还是毫不相干。陌生人在人群中有时也会偶然并肩。可只要没有挽起手，那就没有一丝一毫的关系。

　　实际上，对木村和天野这种见习医官，K 中尉从来没有传达过任何关于昭和维新的训示。机关枪队队长对士兵们热心训话时，木村和天野即便在一旁听着，他也完全无视二人。他主要对士兵们说，旁观的见习医官有何反应，他连看都懒得看。在 K 中尉的眼中，两人似乎还不及自己演说时从旁经过的路人。

　　他们被划到了教化对象外，这也让人感受到了兵科将校对医官的歧视。身在以战斗为本组成的军队中，军医却陷入世俗医学与军队医学初衷不同的矛盾中，也许理所当然会被兵科将校蔑视。尽管如此，但木村一想到只要在军队自己仍需对这让人不舒服的沟壑忍气吞声，还是感到十分不快。

　　不过，自己也不会一辈子都在军队。只要不打仗，再有两年就能退役。从以前的例子看，驻守中国东北寒冷地区的师团会两年一轮换，他算好了，等自己回到日本时正好退役。眼下的生活的确艰苦，不过要是当上了少尉，就和士兵不同了，能享受正式将校的待遇，也可以待在有暖气的室内。

　　高级军医指示他们自学的重点应放在寒冷地区的卫生对策上。小箱旁边摆的那些书光看书名就让人不寒而栗。《冻伤及冻冱学》《寒冷地区卫生学》《寒冷地区卫生提要》《寒冷地区军队医学》。

　　今年二月东京一反常态，频降大雪。四日下午开始飘雪，到了入夜时分雪本已经积下不少，却又刮起了风，于是东京迎来了一场四十九年不遇的暴风雪。电车和公交车都停了，电力输送因为有危险也停了，东京全市漆黑一片。在那以后，雪花依然星星散散地在飘。

机关枪队队长每天斗志昂扬地督促训练和演习，让士兵们不得喘息。士兵们在营内训练时，木村和天野被允许躲在医务室而不会被赶出去。但是遇到野外演习或者行军时，出于军医的职责，他们不得不随行。不仅白天，野外演习或者行军也可能会安排在夜间，而且有时候还是没有预先通知的紧急集合。这样的演习，一月和二月共进行过两次。随着开赴日期迫近，机关枪队队长的新兵速成训练似乎也加快了进度。第二次夜行军是在二月十二日，出了营门在六本木交叉路口沿电车道前进，从赤坂的溜池爬上特许局旁边的坡路，过首相官邸下三宅坡，径直通过警视厅前，在霞关左转，到达二重桥前。在二重桥整队后，全体将士在 K 中尉的号令下高呼了三声"天皇陛下万岁"。

之后，K 中尉对全体将士说道，军人不是上班族，必须随时做好舍弃生命为国效忠的准备，在这一点上，A 中佐就是我们的典范。你们近期即将开赴但走之前必须讨伐匪贼。

历时三十分钟的演说结束时，木村感觉脚尖都快要被冻掉了。

"军人上班族化"是 K 中尉总挂在嘴边的一个词，联队总部的将校和其他中队的将校为此都成了他攻击的对象。他骂他们没有军人精神，是穿着军装的上班族，是白拿工资的盗贼。

可匪贼又是谁呢？从他平日的口吻看，似乎指的是重臣阶层，这个激越的口头禅终于都直指重臣了。他每次说到匪贼，讨伐就像连带词一样，所以开赴前必须讨伐也只是他脱口而出的吧。

不知道 K 中尉自己作何想，但在别人看来，似乎只有他一个人情绪激昂，每日慌慌张张地忙来忙去。

即便按照字面理解讨伐"匪贼"，可距离他们开赴只剩一个月了。哪怕像"五·一五事件"一样由同志将校及民间人士一起进行，可准备还需要时间。很难相信仅用一个月就能付诸行动。

天野曾说："任军医后要是被分配到隶属机关枪队所在的第三大队就太头痛了，虽然他手下的士兵们可怜，不过陪着他们我们也受不了啊。"这点木村也深有同感，所以不免暗自祈祷自己能转到其他联队。实在不行，隶属第一大队或者第二大队也是可以接受的。在极寒地区要陪着机关枪队一起行军或者去野外演习，比起麻烦更是可怕。而到时候，他们肯定也无法在生火的室内好生待着。

服完两年兵役后，木村打算回到 T 大学附属医院，忍耐着没有薪水的日子直到拿到博士学位，然后继承父亲的私人诊所。他没有特别的野心，也没有多高的期望，只希望能走一条平平凡凡的路，只是，他会毫不犹豫，朝森鸥外所说的"人生博爱"这个伟大的医学目标前行。为此，他也希望这两年能够平安度过。

一天晚上，天野在见习军医士官室对木村说他有个发现。这个房间在兵舍熄灯后也能以学习为名继续开灯，多少个小时都行。

"我发现了森鸥外军务之余奋笔创作小说和随笔的原因。森鸥外一直以成为陆军军医总监为最终目标，走的是军官这条路。他从军医候补生时起，甚至还不知道明治时代叫什么，不过即使他做了军医少尉也好，中尉也罢，一定都受到了来自兵科将校的歧视。而森鸥外丝毫没有退出军籍的想法。他一定知道，自己心甘情愿陷进去的困境无路可逃。他只要走军官这条路就摆脱不掉，森鸥外是在向文学清流寻求宣泄自卑的出口。所有这些，如果没有我们现在的经历是不会懂的。"

"但是，森鸥外去德国留过学。"

"不管多优秀，军医就是军医。首先，军医总监最高也只做到中将，而教育总监却是大将。军医在联队可以对士兵宣讲卫生，但规定军医讲话时必须要有将校在场。也就是说，没有兵科将校的威严和监视，军医的讲话就不具有权威。森鸥外在勤务之余能够笔耕不辍写出那么多质量俱佳、凌驾于职业文学家之上的作品，我认为也是有这种愤怒做动力的。"

"要是没有证据，不好说。"

"所以我说我发现了重要的秘密，你看这里。"

天野说着找出森鸥外书中《森鸥外渔史其人》一节。

"……我以医学相交的人，说同小说家不足以谈论医学。我以官职相对的人，又说小说家不足以托付大事。他们不知多少次在暗里阻我前行，挫我成功。……尽管我鞅掌官事，不论其好意与恶意，但每当看到人们不认可我的初衷，仍不禁独自怆然。"

"这里的官职说的应该是森鸥外兵科的军职，他因为是小说家所以被人觉得不足以托付大事。又因为他既是军医又是小说家，因此又被人说不足以托付军事大事。这么解释，你觉得如何？"

5

周日天野外出，傍晚七点才回来。他一回来，就急忙对木村讲。

"今天我去高圆寺的亲戚家玩，他们本想让我留下吃过晚饭再走，但我因为想去其他地方所以就推辞了。我想去一直惦记的那家店吃法国菜。今天是周日，我想青年将校们不会来吧。

"果然，店里没有将校们的身影。食客全是从当地拖家带口来的。不过我还是悄悄地坐在角落里，吃了红酒炖牛肉、焗大虾，满足了久违的口腹之欲，同时也饱尝了一直想念的文学的味道。二楼似乎也有客人，因为有女服务员端菜上去。我自始至终都提心吊胆，但直到结完账，将校们也没出现。可毕竟在联队眼前，要小心的事太多了。

"我刚走出店，就从暗处凑过来一个男人，穿着大衣，似乎冻得够呛。他拿出手账说自己是赤坂宪兵分队的伍长。我心想难道是我这个见习医官进出法国餐厅让人生疑了？还是触犯了军规？我当时脸色都变了。接着，宪兵瞅了眼我的领章，温和地说你是步一的见习医官啊，然后就问了我的姓名。他又问这家店你是一个人来的吗？有没有同伴一起？我说是一个人，他又问 K 中尉或者 N 中尉有没有来。我告诉他没看见。'那步三联队的其他将校呢？'身穿便服的宪兵罗列了一串陌生的名字。我说这些人我都不认识。他又问：'那地方人士里有没有这种外貌特征的男人？'我回答里面有当地人，但没注意到有这样的人。'那二楼的客人呢？'他又问，我告诉他二楼我不知道。最后他问：'你配属在步一哪个中队？'我说是 K 中尉的机关枪队，对方似乎吓了一跳，低头说了句'打扰'就走了。看来 K 中尉在宪兵队也被视为重要人物，需要严密注意。我早就想去那家法国餐厅，一直犹豫着没去是因为总能看到 K 中尉和年轻将校们一同出入，如此看来宪兵队一直在盯着他们呢。"

木村想，K 中尉貌似不仅是步一，还同步三的将校们在商量什么。宪兵还问了天野当地人的情况，也许果然如"五·一五事件"一样，右翼团体的一些年轻人也计划在行动之际加入进来吧。不过，他们开赴新阵地的日子越来越近，部队也在为此忙碌，感觉根本无法实行 K 中尉所说的行动。在他看来，K 中尉说的不过是青年人的豪言壮语。因为"五·一五事件"，一些海军中尉、少尉被投入监狱，将一生都葬送了，K 中尉从少尉时就是联队的旗手。他对自己青年将校的身份那么自豪，想不到竟有很虚荣的一面，他不可能造反。

不过，K 中尉总挂在嘴边的将校上班族化的问题，木村也有同感。很多中队长都是带着惰性在工作。对于新兵教育也是，他们通常会找年轻少尉或者见习士官做教官，自己则不闻不问，训练和行军也从不参加。他们天天在联队总部晃来晃去，试图讨联队长和联队中佐的欢心，在这些事上，他们总是千伶百俐。要是说联队长喜欢钓鱼，他们就陪着一起去海边；要是说联队长喜欢围棋，他们就立马去学围棋。木村还听人说过，爱好刀剑的联队长一来，联队的将校团迅速流行起了舞刀弄剑。

比起待在队长室，有些中队长更喜欢去将校集会所玩。将校集会所有间娱乐室，配有台球、围棋和象棋等。以见习士官的身份进不去，但将校们常会在那里玩上半日。他们常让勤务兵守在门口，提防联队长等上级的突击检查。联队总部的少佐和大尉级别的将校也几乎都这样。有的将校来队里露个面就走了。

而 K 中尉无论训练还是演习，无时无刻不和教官一起站在士兵前列，不难理解他会在背后骂那些将校是白拿工资的盗贼。K 中尉奉军人精神为一种类似于宗教的信仰，其日常行为甚至与信徒如出一辙。在他看来，军人的职责所在就是将身体、生命献与君主和国家，并为此水火不辞，此为其精华。

上级长官不仅要在演习勤务之际，而且坐卧寝食之间也要悉心注意，要勤于自我修炼与训示部下，让部下时刻铭记天皇赐予军人的敕谕和国家建设之本旨，使之意识到兵役乃是公民对国家崇高的责任和义务，是极为荣耀之事，保证其思想绝不会误入歧途。

这段经典文章带着一种节奏感，清爽明快，让人不禁朗朗诵读。

K 中尉仿佛是这种戒律的全身心投入者和苦行者。

木村想起天野曾经说过，K 中尉的眼中有种像是偏执狂的光。宗教原本就具有狂热的要素，信徒的狂热里当然会含有偏执。

不过，白拿工资的盗贼和军人精神的信徒，换个角度看，能看到其中似是而非又似非而是一般的区别。将校们的年龄层不同。少尉、中尉是二十三岁到二十七八岁。他们幼年及在士官学校读书期间，大多过着与世隔绝的校园生活，然后就被送到了部队。在这之前，他们无疑都是修道士。青年的纯真，很容易就被经典教义点燃。

但是再过不久，他们也会结婚，会与社会有交集，会有孩子，会把自己的主业放在维持自己的家庭上，这样一来，军队就单纯成了他们工作的地方。他们会学会辨别，无法再仅凭敕谕判断是非。能否出人头地关系到家庭生活水平的高低，还有自己在同伴和社会上其他人面前的虚荣心的满足。将校的上班族化似乎从资深中尉到大尉中间都极其普遍。像 K 中尉这样的年轻将校也终将不再血气方刚，成为通情达理的中坚将校，然后被下一批年轻人暗地里说同样的话。

实际上 K 中尉敬若兄长的那位老大尉，在听他们说话时好像半是无奈，常常像听小孩子撒娇一样苦笑。虽然只是偶然瞥见的光景，不过木村自己有这种感觉。

"那么，A 中佐呢？"听了木村的感想天野问。

A 中佐的言行在 K 中尉训话时被反复提及。"也许在你们眼里觉得 A 中佐的言行像个怪人，但是，至诚奉公的精神在他的身上得到了淋漓尽致的体现。他的言行在世人眼里被视作怪人也无所谓，因为社会风气早已腐化了，军人如果想要效忠国家，就必须避免遭到社会堕落思想的腐蚀。" K 中尉在引用过 A 中佐的逸事后如此解释道。

"A 中佐如果和队长说的一样，那感觉他少尉时代的心一直到老都没有变。"

木村如此回答道。不过他想，K 中尉自身到底会如何呢？那有些瘆人的光要从他眼中消失，大概需要相当长的时间吧。不过他觉得 K 中尉成不了 A 中佐。在中国东北寒冷地区度过两年时间回到日本时，他也许就是个通晓事理的大尉了。机关枪队队长作为狂热的信徒待在这里，不过还有一两个月的时间。

天野外出买回的报纸上大篇幅报道了总选举的结果，政友会惨败，无产党获得了划时代的进步。没想到无产党竟然有望获得超过 20 位的议席。

"会不会不像队长说的，即便不借助军人的力量，重臣阶层也很快会土崩瓦解。"天野边说边搓着手背，视线离开了报纸。

"哦，炉子里煤不多了。我去叫勤务兵拿点儿来。"

但是，勤务兵也一样，不同于见习士官室和下士官室，他们对见习医官室并不热心，诸事敷衍。即使是吩咐他们一点儿事情，自己也需要客客气气的。

点名的喇叭响了。"点名!"士兵在走廊里高声喊道。

"啊,又一天过去了。"天野叹着气说。

"还没过去呢。等队长训话结束才算过去。他没训完话我这心就静不下来。"

木村笑道。邻近的班传来一阵点名前的嘈杂。

6

那天晚上和第二天晚上,点名后机关枪队队长连着两天都做了精神训话。这晚是二十五日,二月份也只剩下四天了。

夜里,木村在梦中听到有什么声音。声音愈来愈清晰,是叩门声,还有人在叫"见习医官"。声音不大但似乎有急事。

木村急忙从床上起身,打开灯。天野这时也醒了。他看了下手表,是凌晨三点二十七分。

"进来。"

　　一个上等兵走进房间。他穿着外套，腰间佩剑，表情严肃。木村本以为是班里或者哪个中队有急诊病人，但马上明白了这是演习的紧急集合。他们之前有过两次紧急集合。

　　"紧急集合。"上等兵的视线均分给二人。

　　"好。"

　　"队长叫两位。他在办公室。……见习医官，这次不是演习。"

　　上等兵只说了这些就匆忙出去了。他穿的不是室内的拖鞋，而是军靴。

　　木村和天野忙着收拾时，听到各班所在的位置传来杂乱的脚步声和搬东西的声音。但只有这些嘈杂，士兵们说话声很轻。

　　"说不是演习是吧？那是什么呢？"木村感到不明所以。

　　"哎呀，十一中队也起来了。"

　　天野系着上衣扣子望向窗外说道。旁边的兵舍窗户也亮着灯，照亮了舍前的雪。

　　"十一中队也紧急集合？那是联合吗？"

　　十一中队的代理队长是 N 中尉。他和 K 中尉要好，两个人经常一起去将校集会所。虽然天野怀疑只是联合演习，但是上等兵那句不是演习自己还是不理解。炉子里的火早已熄灭，屋子里很冷。

“志村也被叫起来了吧。”

天野说。志村是和他们一起成为见习医官的伙伴，现在隶属于十一中队。

办公室在走廊对面。木村跟在天野后面进去，K中尉正立在熊熊燃烧的炉火旁，同一位以前从未见过的中尉说话。M少尉在一旁红着脸听着，三位将校佩戴的都不是指挥刀，而是军刀。

将校们的准备同演习时没有不同，这次肩上也挂着手枪，但气氛明显有些凝重。

K中尉停下说话，转身面向并排站立的木村和天野。他的嘴角露出了一丝笑容，但很快就消失了。

“见习医官，”他的下巴微微扬起，说：“愤慨于统治阶级腐败堕落的青年将校们已经跃然而起。我们机关枪队即将出动。”

他如同宣言般的声音原本洪亮有力，但此时却突然停顿了一下，换了个语气：“你们两位跟在我们最后吧。有人负伤时就拜托你们了。”

K中尉说完，用他一如既往的眼神默默注视着二人。陌生中尉和M少尉也望向这边。他们这才发现，三位将校都用稻草包住了长靴的鞋尖。这是为了在雪地上防滑。

“我们会跟在枪队最后。有人负伤时进行妥善处置。”

　　天野复述完，K中尉语气冷淡地说了一句："辛苦。"他小小的眼眸凝视着某一点，那目光仿佛要把人吸进去，当两个人三十五度敬礼结束抬起头时，那目光依然还在。

　　回到见习医官室，木村和天野都缄默不语。木村检查了军医急救包，查看了小型外科器材包，以及注射药品和急救药品。"实战"来临，他们才感觉缺的东西太多了。听到器具响动的声音，天野也慌忙准备起来。而这又让木村心焦起来。

　　他们明白K中尉终于要采取行动了，但木村依然感到不真实。没想到他竟然会和十一中队的N中尉联合，把两个中队带出去。木村错觉这次还是演习。前两次他们从一开始就知道是演习，但这次也许为了让大家更振奋精神才假装是实战，或许在合适的地方，M中尉就会突然宣布结束这一切。

　　"喂，不会是动真格的吧？"天野问道，看来他也有同样的想法。

　　"不知道啊。感觉怎么可能呢。"

　　他是想说，感觉怎么可能，不过他其实也说不好，也许是真的，但也许只是演习。

　　"有个不认识的中尉在，不是这个联队的将校。那人是干什么的呢？"

　　天野准备完医疗包说道。木村也想起这点，既然其他部队的将校都来了，那感觉动真格的可能性更大。

但是，K 中尉说要打倒统治阶级，还说要拜托他们照顾可能负伤的士兵。那会和哪儿的部队打呢？统治阶级掌管着哪支军队吗？

一名服役两年的护士兵这时忽然走进来，问还要准备些什么带着。天野于是问中队有没有医疗急救包。

"医疗急救包在医务室的药剂室，由值宿的下士保管，但班长不允许我们进去。"天野猜想，这大概是害怕有人去医务室领物品会泄露他们筹备已久的行动吧。

"那中队有什么？"

"只有护士兵的绷带包。"

天野知道，绷带包里面只有脱脂棉、绷带、三角巾、碘酒、薄荷醇酒精、夹板这些简单的包扎材料。

"让三名护士新兵跟着我们。队长命令我们跟在队伍最后。"木村说完，又换了个语气问，"班上的士兵都做了哪些准备？"

"机关枪的枪身从演习枪身换成了实战枪身。各班都配给了实弹。"

士兵离开后两个人面面相觑。

"看来果然是实战啊。"天野的表情更加不安，他有些激动地说道。

"确实像。不过，到底要和哪儿的部队作战呢？"木村心脏剧烈跳动着，把心里想的说了出来。

"也许是近卫军的联队。"

天野在外套上系着黑色皮带说道。近卫师团是负责保护重臣等统治阶级的。如果真是要和他们作战的话，岂止会有人受伤，战死者大概也会相继出现。

木村心想，野村军医和森田军医遇到这种情况会怎么做呢？他很想有军医可以和他们一起去。尤其是森田军医中尉，如果能和他们一起的话就再好不过了。虽然森田军医是内科，但他经验丰富，外科处置估计也很漂亮。木村自从学校毕业后只在医院待过半年，经验贫乏，心里很没底，此刻他的腿也微微哆嗦起来。

"队长、M少尉和士兵们好像早就起来了。他们都已经准备停当，在兵舍前整好队了。"天野把军医包换到肩上，用手按住说道。

他们忽然发现，其实早就紧急集合了，但他们这些见习医官是最后才被通知的。前两次演习，还是值夜班的士兵在走廊跑着喊"紧急集合、紧急集合"，然后把他们吵醒了。今晚却不同，是上等兵悄悄过来叫醒了他们。而且意外的是，他们两个貌似是最晚被叫醒的。这点不同也让他们感受到了实战的郑重。不过另一方面，木村心里还是觉得像在演习。

营舍前的雪地上，黑漆漆地列着四个小队。左翼的一列，可以看到有超过十挺的重机枪架在白色的地面上。而其他三列放眼望去只能看到上了刺刀的步枪。并不隶属于机关枪队的轻机枪班站在后方，每两班一组。四个小队里步枪小队是每两个分队分开列好的，而重机枪小队则是每三个分队排成两列。队列前站着指挥官：两名将校，两名曹长。两名将校分别是 M 少尉和第一中队的 I 少尉，都是上任不满一年的新晋少尉。对于木村和天野来说，还是第一次看见 I 少尉在这里，他们猜想也许一中队的士兵也混到队伍里了吧。第一小队长和机关枪队长是曹长。看这队形，除去 I 中尉是新加入的，其他和前两次演习时几乎一样。唯一不同的，则是很多士兵都拿着装有催泪瓦斯的绿筒和烟幕弹筒，而他们携带的梯子和板斧两人也是第一次看到。下士们则一个不落，都跟宪兵似的肩上挎着长枪。

机关枪的枪身果然换成了带锯齿的实弹枪身，这种枪不像演习的枪身一样很光滑。

K 中尉缓缓走到队列中央，同士兵们相对而立。他头上落着雪花。士兵从右翼开始报数，报数声轻轻地在各小队的队列中急驰。

"第一小队，小队长以下120名，集合完毕。"右翼的曹长说道。

"第二小队，小队长以下93名，集合完毕。"I中尉声音高亢。

"第三小队，小队长以下106名，集合完毕。"M少尉的声音宛如少年。

"机关枪小队，小队长以下83名，集合完毕。"曹长最后压低声音说道。

K中尉站姿端正，每一次报告他都会深深点头，但只稍稍打开腿，右侧长靴的鞋尖斜向伸出少许。

"好，稍息。"

各兵舍的混凝土建筑在黑暗中一片寂然。机关枪队的窗户和十一中队的窗户都已经熄了灯，只有十一中队的兵舍后传来声音。可以想见站在人群中的志村见习医官那瘦消的身影。

7

K中尉对着远处广场的灯光看了下手表，从右翼到左翼环视了一圈，然后面向大家说道："现在是凌晨4点38分，天还没亮，大家辛苦了。但是，这次并不是演习。现在我们枪队要向市内行军，至于目的地我随后会下达。现在由我向大家传达此次行动的宗旨，请大家听好。"

中尉刚从上衣口袋里掏出折起的日本纸，伍长便跑到他的身边用手电筒照亮了纸面。他轻轻清了下嗓子。

"谨思我神州乃是在万世一神的天皇陛下的统率下……"

听到天皇陛下，士兵们不待号令即一齐叩响了军靴后跟，然后立正站好。K 中尉的眼睛离开纸面，说了声大家稍息。但是至尊、祖宗、君威等词接连出现，每次士兵们都会自发地叩响靴子，K 中尉顾不上每次都说稍息，只能继续往下读。那声音在冬日黎明前紧张的空气里，仿佛有东西撞击在金属上一般发出清澈的回响。

不过，"藐视至尊的绝对尊严僭上越分""不铲除奸贼枉谈宏谋"等句子，虽然进了耳朵，但木村只能猜出大概意思，对其后的深意则一脸茫然。木村尚且不懂，更不消说许多未曾上过大学的士兵们了。而且 K 中尉似乎一直惦记着时间，语速飞快，毫不顾忌演讲所要求的抑扬顿挫。最后听到"在此有志之士跃然而起，为诛灭奸贼实现大义，拥护并弘扬国体不惜肝脑涂地……"的句子时，木村还来不及细想"弘扬""肝脑"写作什么汉字，队长就以"陆军步兵大尉××及全体同志"结束这次发言，然后折起那张纸快速塞进了口袋里。

直至 K 中尉的演讲结束，士兵们依然鸦雀无声，一动不动地以标准的姿势站立着。他们似乎不是被这篇文章庄重的威严所震慑，而是因为不解其意一脸茫然地怔在了原地。

木村最后听到 ×× 大尉的名字及全体同志时，心想这果然不是演习而是实战。虽然不知道 ×× 大尉是哪个联队的将校，但既然由其他部队的大尉做代表，那一定是非常大规模的行动。而 K 中尉发言中所说的全体同志，似乎也意味着还会有更多不认识的将校加入进来。

"枪队由我全权指挥。口令为尊皇和斩杀。至于尊皇，平日里队长一直都有训示，大家应该记得很牢吧。至于斩杀，说的则是本次行动的目标要斩杀奸臣。为了避免在行动中伤及自己人，如果对方说尊皇，我方要立即回答斩杀。这一点请务必谨记。而行军路线和部队编制，暂时与之前保持一致。结束。"

K 中尉的话音刚落，M 少尉立刻喊了一声："向教官敬礼！"如同一片白色的森林屹立于黑暗中一样，全体士兵"唰"地一下举起了上着刺刀的步枪。K 中尉抬起手，从右到左悠然转首。那动作刚劲有力，让人感觉他仿佛是一位英俊潇洒的年轻武士。这位令人爱慕的青年将校此刻正陶醉在怎样的幻想中呢？

"给枪装上实弹，大家不要忘了保险装置。"

步枪小队的各小队长说道。士兵们咔嚓咔嚓装着子弹，声音持续了一段时间。实弹枪身的机关枪貌似已经准备好了，那边一片寂然。

队伍出发后 K 中尉走在最前面，其次是第一小队，后面依次是两个步枪小队、机关枪小队，以及包含轻机枪小队在内的第三小队。木村和天野等见习医官并排跟在后面。而在他们后面，则跟着三名护士新兵和肩上挎着大包的护士兵。

广场上的雪积得比昨天还厚。联队总部漆黑一片，营门开着，前面的队伍已经从那里出去。亮着灯的哨所前，哨兵已经排好了队，他们的影子被灯光映在雪上。卫兵长是名担任伍长之职的上等兵，他不安地望着队伍。

如果这时来到联队前的电车道旁，就会望见在机关枪队前面有其他部队行进的背影。队伍里有人小声说，是步三、步三，那声音充满了活力。似乎这次行动有其他部队一起参与这件事，让他们消除了不安。

队伍沿着雪中的电车道朝六本木交叉路口走去。街上空无一人，家家户户只有屋顶露出一片白色，其余部分则完全沉浸在漆黑的夜色中。队伍行进时，天野还看到了最近才去过的法国餐厅。

这时天野发现后面又有一支部队加入了进来。

"喂，好像是十一中队。"

从那团黑色推想，人数应该和机关枪队差不多。

"终于要动手了，事情闹大了啊。"天野压低声音说道，"志村那家伙，会是什么表情呢？"

事到如今天野不得不放弃这是演习的错觉了。毕竟他亲眼看到步枪装上了实弹，机关枪也换上了实弹枪身，将校们挂着手枪，带着军刀，下士也把长枪斜挎在肩上。

队伍在六本木的交叉路口向左转，然后沿着电车道下了坡，接着又经过了福吉町的车站。路线和前两次相同，所以木村又产生了一种正在演习的错觉。

"喂，步三往右拐了。"

在溜池电车道的交叉路口，前面的部队忽然向右拐向了虎门方向。这时天野才发现，前面的队伍似乎有他们这支部队人数的一倍。

"看样子是个大部队啊。"天野说道，他像是打了个哆嗦。不过，木村却反而不再相信这是实战，他感觉目前的情形就像各个部队在进行联合演习。

而和先前的演习一样，木村他们所在的部队在岔路口转向了左侧，这样他们成功地和步三一左一右分开了。等他们往后看时，发现十一中队也跟了上来。这时一辆带有鱼铺标记、仿佛是去河边进货的三轮车出现在了电车道的一侧，骑车人艰难地在雪地上前行，似乎完全没有注意到正在另一侧行军的士兵们。

他们从特许局的街角上了坡。坡顶左手边是首相官邸。上次他们从这里径直通过，下坡到了护城河畔，在二重桥前高呼三声万岁。但这次临到首相官邸，队伍却突然停止了行进。这个时候，雪也停了。

木村忽然有种感觉，仿佛 K 中尉马上就会喊出号令——"状况解除"。但这种幻想在他看到坡上的警务室前有五六名士兵正

围着巡查时，开始有了裂痕，接下来则被 K 中尉一声振聋发聩的
"机关枪队前进！"彻底打碎。

队伍自此分成了两部分。一队去往官邸正门，一队则下坡后
朝着首相官邸的后门行进。轮廓优雅复杂的官邸建筑在一片漆黑
中默然耸立，只有覆满屋顶的积雪看得格外清晰。

木村犹豫了下要跟哪个小队走，最后还是选择了跟着更近的
队伍朝后门走去。而这支队伍很快又分成了三路，一路在官邸西
南的三岔路广场上排好机关枪，一路在后门朝官邸反方向的空地
架上了机关枪，而剩下的一路则从后门往官邸里搬运机关枪。每
个机关枪分队都有步枪分队掩护，士兵们在雪地上或跪立或趴着，
一副大敌当前严阵以待的样子。木村和天野不知道该跟着哪个分
队，于是站了在空地列好阵的士兵后面。这时和部队同来的一
名陌生中尉大步走了过来。

"见习医官，去那边一名。"他指着正门，眼睛则看向天野，
因此天野带着一名护士兵匆匆离开了。

"喂，护士兵，别在那儿傻站着。像你这样呆头呆脑会受伤的，
再离远点儿。"

一名下士分队长吼道。两个护士新兵吓得连忙蹲下，木村也
随即单膝跪地。不过木村很不高兴。下士的怒吼明显不是冲着护
士兵而是冲他这个见习医官的。对非战斗人员的轻辱和憎恶，在
那嫌人碍手碍脚的怒斥声中露骨地表现了出来。甚至下士的话还

招致了两三个士兵的嗤笑。在如此紧张的时刻。木村真想从这里离开。

放眼望去，哪儿都看不见敌人。从木村所在的这块高地，只能看到街上白色的屋顶影影幢幢地在黑暗中延绵。

建筑物里忽然开始响起了枪声。隔了五六秒，又是四五发。听不清是手枪还是步枪的声音，但那声音一直响彻木村心底。

从刚才起，机关枪枪手的手就一直放在扳机上。官邸内不时传来各种声音，不过从这里听不清楚。木村感觉自己全部的神经仿佛都被压迫得吱呀作响，不知为何突然有了便意。

8

木村还完全没有搞清楚状况，这时从后门跑来一个士兵，慌慌张张地喊："见习医官在吗？"

他于是站起身，不料士兵似乎因为突然发现要找的人就在自己眼前，从而有些惊讶地问道："您是见习医官吗？"

"班长负伤了，麻烦您过去看看。"士兵很快拉着木村进了后门。

旁边有个像是守卫室的小房子，灯关着，木村走进去才看到一个士兵坐在那儿，另一个弓着身子像在照顾他。喊木村来的士兵对坐着的人说了声："班长，见习医官到了。"接着又语速飞快地对木村说："他胳膊受伤了。"只见那人右臂绑着毛巾，上面血已经洇开了。伤者是位军曹，而两名士兵分别是上等兵和新兵，是上等兵去叫的木村。

木村认识这位军曹的脸，但并不知道他叫什么。自己来枪队的日子尚浅，平时和各班以及枪队办公室也没什么往来，所以同下士没什么交流。

木村让新兵照着手电筒，自己则从急救包里取出注射器具，他往注射器里抽了一支强心剂和一支止血剂。要解开毛巾时军曹皱起了眉毛，但还是对木村说了一句："麻烦你了。"不知何时护士兵也来了。

伤口在右侧大臂，木村用消毒药水将他的胳膊擦净后露出了弹孔，但无法确定到底是贯通伤还是盲管伤。木村给他打了针，厚厚地敷上利凡诺纱布，又从护士兵的绷带包里取出绷带缠了好几层。

上等兵和新兵不停地用手摩挲着军曹的肩膀，鼓励说："班长，伤口很浅，你要坚持住啊！"军曹似乎很疼，他的胳膊被上等兵搀扶着，腹部前屈，低头痛苦地呻吟着。上等兵转向木村说道："见习医官，麻烦您给他打针止痛针吧。"这种关心就仿佛亲人一般，新兵也仿佛到了紧要关头，片刻不离地守在军曹的身边。木村虽然有镇痛剂，但是担心后面可能会有伤势更重的人，便回答说会尽快送他去医院。可是要送到哪家医院他完全没有头绪，他也不知道自己是否有这样的权限。一切都处于混乱、无序的状态。

过了一会儿，主楼内的枪声似乎停了，接着又传来一阵不绝于耳的打砸器物的声音，似乎外面还有很多人跑来跑去。这时从后门玄关处又有一名士兵被背了进来，旁边还跟着一个人。"见习军医。"其中一人喊道。

背上的是个上等兵，腰部的外套已经浸满了血。陪同的新兵解释说他好像被打中了腰部。背着伤者的也是个新兵。上等兵已经不能言语，脸趴在新兵肩上，断断续续地呻吟着。

木村心想出了这么多血，有多少绷带也不够用，于是让护士兵去房子里找些布来，护士兵说值班室有，结果跑去拿来了一张床单。守卫室后面，有间用于临时休息的四叠半大的和室，木村让两名新兵把那名士兵扶到榻榻米上趴下，给他脱下外套，又褪去上衣掀起贴身的衬衫。这中间伤者出了很多血，都流到了榻榻米上。军医急救包里的备品实在应付不了，木村后来便直接把床单撕了代替绷带，像腰间缠的钱袋一样给他缠得厚厚的。上等兵面色如土，木村给他打了好几支强心剂和止血剂。

两名新兵轮流趴在伤者耳边喊："上等兵、上等兵，打起精神来啊！"心焦得就如同自己家人负了重伤。

这时似乎有军刀的碰撞声和长靴踩过地面发出的声音越来越

近，木村抬起头，发现Ｋ中尉已经一脸焦急地走了进来。在他身后，天野也来了。

Ｋ中尉快速环顾了守卫室一圈，然后低头望着两名受伤的士兵。军曹向中尉微笑示意。"什么啊，是你啊，"队长一下子就叫出了军曹的名字，"胳膊受伤了？""嗯。"军曹轻轻应了一声。"是正门警官队的手枪吧？"Ｋ中尉点点头说，然后看向木村，追问道："他的伤势如何？""初步判断是贯通伤，但因为没有伤到动脉，所以并不要紧，比起他，这边……"木村把目光转向了上等兵。上等兵此时正盖着外套，蜷缩着双腿，因为疼痛，他就连同队长打招呼都无法做到了。

"是不是应该马上送去医院？"Ｋ中尉以商量的口吻问木村和天野。"我觉得那样更好，但不知道目前送去哪家医院更为合适。"木村一方面因为对方是Ｋ中尉，另一方面又因为考虑到后续责任的烦琐，只能如此说道。这时Ｋ命令道："比起地方医院，还是送他们去陆军第一卫戍医院吧，就这样。"

木村刚想开口说："因为第一卫戍医院在新宿的若松町，必须派车把伤者送过去，或者给医院打个电话，让他们立刻安排车来接。"此时一名下士跑来兴奋地汇报："队长，发现了一个老人，像是首相，被Ｍ少尉的子弹打中，倒在了中庭。""是吗，好！"队长气势昂扬地回答道，然后自己匆匆跑去了主楼，似乎把患者全权交给了木村和天野。

木村本想给卫戍医院打个电话，但他并不知道在哪可以找到电话机。首相官邸中仍不断有砸毁物品的声音传来，其间夹杂着很多军靴跑来跑去的声音，想找电话估计也要费一番功夫。

到了此刻木村忽然发现自己竟然格外镇静。他给伤员擦净血包扎了伤口，恍然觉得自己有了用武之地，甚至产生了一种"我果然是医生啊"的喜悦。

后来又送来了三名伤员。其中一名伤员身后跟着两名士兵，下士和上等兵身后则都跟着三四名新兵。看着他们热心的样子，木村再次感觉自己身为见习医官的孤单。他们不是将校，所以没有专属的勤务兵，同班里又没什么关系，也不像下士还有部下。虽然有三名护士兵，但他们是班内的兵，还是与班长和老兵更亲近。再者虽然见习医官室有勤务兵，却是各班每周轮值，同他们联系很浅。非但如此，同样是勤务兵，见习医官室的也比别处的对他们要冷淡，甚至对他们交代的事情也往往处处搪塞，工作都浮于表面。这就是非兵科受到的差别待遇。

于是见习医官，不，甚至可以说军医的位置看起来就像沙砾铺就的广场。木村心里想起了天野说过的"森鸥外的发现"。

木村刚想天野这会儿怎么看不见人了，他就气喘吁吁地跑了回来。天野告诉木村，这次行动也有市川野重炮兵联队的将校参加，他们的车现在停在官邸正门，经过交涉，已经同意将车借给木村他们运送患者，现在正让车绕到后门来。木村连忙赶制需要送医的伤者名单，并让照顾军曹的一名士兵跟着上了车。由于没有担架，十个士兵帮忙才把上等兵抬上了车，上等兵在整个过程中哀号得像条小狗。

后来送来的三名伤员，木村和天野一起做了紧急处置。三个人都是被手枪所伤，可见负责护卫的警卫队相当拼命。在全副武装的军队袭击下，势单力薄的他们甚至只凭着手枪作战，这份英勇也着实让人钦佩。虽然是阴天，但天色已至微明。

此时建筑物深处不知是谁忽然喊了一声："总理大臣死了。"士兵们顿时一片哗然。

"见习医官，我们杀了总理大臣，请去检查下他是不是真的死了。"很快涌进来了十多个士兵，其中一位下士说道。士兵们杀气腾腾，又是有兵权的下士如此说，木村无法拒绝。他第一次走进富丽堂皇的首相官邸，走廊的红毯被军靴上的泥和融化的雪弄得黏黏糊糊。官邸内仿佛帝国酒店一般，天花板上布满彩绘，墙上也满是瓷砖贴就的艺术图案。各个房间的门都四敞大开，桌子椅子全被丢了出来，屋顶装饰的枝形吊灯落在地上，玻璃飞散。

不用问也知道，士兵们鱼贯而入的地方就是总理大臣的所在。木村走过去，只见一群士兵正聚集在房间前。士兵们看到木村，默默地让出一条路。或许只有此刻，他才对自己军医的身份生出了几分优越感。

走进房间，木村发现这是一间和室。他于是脱下长靴上了榻榻米，屋子大约八叠大，很豪华，壁龛前铺着被褥，一位老人裹在被子里，只微微露出头来。老人似乎是被杀后给挪到被子里的，他左侧颈部流的血还积聚在枕下。老人有着一头白色短发，眉毛很浓，圆圆的鼻头下竖着白胡子，额头的皱纹同眉间深陷的竖纹交错在一起，面颊上的血色也仍未完全褪去。

"这就是总理大臣啊。"木村站在前面，俯视了那张脸几秒钟。不知道是不是因为接连不断的强烈刺激，他的感觉变迟钝了，此刻也似乎没有涌上来什么特别的感慨。那张脸和他先前在报纸上看到的照片一样，可感觉更像去年7月在医院死于脑出血的某公司社长。

见没有人跟进来，木村也没心情检查伤口，索性直接返回门口穿上了长靴。

等木村出来，聚在门口的士兵们纷纷急不可待地问道："见习医官，总理大臣死了吗？"木村点头说是，然后径自穿过人群，默默回到了官邸后门的伤员那去。

这时送军曹和上等兵去医院的车已经回来了。天野也已经写好了需要送医患者的名单。

天野转告他说，刚才志村见习医官来过又匆匆走了，据说十一中队占领了陆相官邸。

"志村怎么样？"木村想起瘦瘦的志村，问道。

"他可精神了。那家伙说开始也害怕，但现在已经没感觉了。还叫我们去参观陆相官邸呢。"天野笑着说。

木村说自己刚才看到了首相的尸体，天野于是收起笑容，瞪大了眼睛。看四下无人，于是天野和木村说了一个他从志村那里听到的消息。

"喂，听说侍从长、内大臣、大藏大臣还有教育总监全都被杀了，而陆军大臣则是被俘虏了。"

9

首相官邸后门的士兵全都转移到了正门，在玄关处，他们把三把枪叉在一起休息。将校们搬出官邸内的桌椅，聚在玄关前的广场上。士兵们似乎惶惶不安，全都一脸茫然。士兵们不知道，他们到底应该相信谁。

不远处，M 中尉、一中队的少尉们和木村此前未曾见过的戴有大尉和中尉衔章的三位将校将 K 中尉围在中间，神采奕奕地在聊着什么。木村感觉去将校那边不太好，但是见习医官又无法融入士兵里，也不能一个人在一边闲逛，不由得还是客客气气地朝将校们走去。

K 中尉依然情绪亢奋，在同戴着大尉领章的将校说话，他看到木村问："士兵们伤势如何？"

　　木村也不清楚，伤员紧急处置后已经立刻被送往了卫戍医院，而自己在外科方面只在学校学了点皮毛而已。

　　"我不太清楚，应该没有大问题。"

　　K中尉轻轻点点头，没再继续问，转身朝一位正向这边走来的、其他部队的陌生中尉走去。那位高个子中尉露出皓齿，打着手势说明着状况，好像在说内大臣怎么怎么样了。其他将校也站在一边听着。

　　木村暗自想，原来眼前这些青年将校就是此次"蹶然而起"的中心人物啊，不禁感慨国家机器竟像纸工艺品一样不堪一击。他此前一直以为国家机器强大到难以想象，要摧毁它除非借助外国兵力，并且要进行持久战，除此之外别无他法。可是事实却是，几个年轻将校只花了不到半个小时时间，不费吹灰之力就将其推翻了。无论如何，这都是木村难以想象的事情。他以为大凡体制变革，必然需要五年甚至十年时间，三十分钟就得以完成，也实在太不现实了。然而不现实的事情却现实地发生在眼前，让大家看到国家机器不过只是一件纸工艺品的人此刻正在他的眼前谈笑风生。

　　"是谁去置办的呢？"这时木村看到士兵们中间放着酒铺用推车送来的酒桶，不免心生疑窦。厨房餐具器皿一应齐备，他们从官邸里拿出漂亮的茶杯分给将校们，有士兵轮流给其他人倒着烫好的酒。K中尉让见习医官也喝一杯，木村便拿起杯子喝了。后来又下了些雪，不过已经没有那么冷了。

木村待在将校旁边不自在，而且又有了便意，于是放下杯子走进官邸里寻找厕所。厕所是西式的，看起来颇为豪华，可士兵们不懂怎么用，结果脏得没法入眼。

木村走出厕所就去了官邸的后门，天野在那儿。天野听说正门入口旁的守卫室有面包吃，于是邀他一起去。木村这才发觉肚子有些饿了。木村和天野说起自己刚和将校们一起喝酒的事，天野则直言和那些将校待在一起太拘谨，而守卫室都是下士，还是那边好。见习医官似乎同下士这个级别在一起最踏实。

守卫室里挤了十二三名下士，连坐的地方都没有，不过两个伍长还是起身把椅子让给了他们。桌上长条盒里的面包，木村和天野吃了两个。他们连枪队的下士都还不熟，其他中队的下士就更不认识了，两个人只能默不作声，安静地听下士们说话。下士们似乎重新抖擞起了精神，说听说也有地方部队为支援此次行动陆续进京的。木村忍不住想："也不知道今后事情会如何发展呢？"

过了一会儿，雪下大了，广场上的士兵们全部进了官邸里面，就连守卫室的下士也回去了。

而将校们则转移到了玄关旁用于停车的廊檐下，在那里摆下桌子、椅子，然后围了一圈坐下。旁边有个大火盆，士兵们把火盆里的炭堆得像小山一样，火旺得就像绘有中国山水的陶器随时都可能裂开。K中尉招呼木村和天野过去烤火，两人于是拉过一把椅子，在离火盆稍远的地方烤起了大腿。

　　将校们开始商量什么事情，其中一个戴大尉肩章但没戴所属部队领章的将校朝这边看了一眼，低声对 K 说了什么。K 中尉于是从椅子上转过身，面朝二人说道："见习医官，你们先去其他地方待会儿。"

　　二人于是识趣地起身从廊檐往客厅走。他们看看一间间屋子，又在走廊逛来逛去。大厅，内阁会议室，会客室，舞场，每个房间墙上都贴着绢帛。而走廊上涂有绿色釉彩的陶瓷墙面则让人仿佛置身美术馆。这栋怀特式建筑于昭和三年年末花费 150 万日元建成，建筑面积有 1500 平方米，搞不好会迷路。

　　不一会儿，木村向窗外看时，望见 K 中尉指挥着五十名左右全副武装的士兵上了两辆卡车，车上还放着一挺重机枪和一挺轻机枪，K 中尉和三名将校上车后车子驶出了大门。

　　"也不知道他们这回打算去袭击哪儿呢？"

　　天野目送着卡车远去的身影小声说道。青年将校们现在可以自由地攻击任何他们想攻击的地方，天野似乎有些期待，觉得 K 中尉这次大概又会去杀什么了不起的人。

　　"这样我们的立场很轻松啊。"天野把手背在身后说道。

　　木村心想，这完全是旁观者的态度啊。

　　"森鸥外呀，以前有篇叫作《旁观机构》的小论。"

天野似乎觉察到木村在想什么。

木村本想问问旁观机构是什么，是不是还是写军医的？但他终究没问。这种时候天野还拿出森鸥外写的东西，发些文学上的议论，让他有些反感。

所谓这种时候，是在他的意识里，国家此刻发生了非常严重的事态。在如此严峻的现实里，文学能有什么价值呢？他本想说那种东西不过是太平盛世的玩物。但是，他又怀疑自己有如此粗暴的想法并对天野的说辞心生厌恶是不知不觉间受到了 K 中尉的影响。不过，还有个原因是军医总监森林太郎（森鸥外本名）写的东西太容易让人产生共鸣，木村也想回避。

后来他们听说 K 中尉其实是去袭击报社了。而返回的那些士兵，还有之前的士兵们占据了官邸的各个房间，各自组成班组。第一班、第二班、第三班，图饰豪华的门口，黏糊糊贴着用墨汁写下的歪歪扭扭的字。此外还有下士室、枪队办公室，但没有见习医官室。在战事结束以后，护士兵也消失不见了。

见习医官室今天理应由第一班的新兵值班，所以木村和天野进了第一班所在的房间，但第一班的士兵只顾围着火盆说话，两人因为始终无法融入他们而感到很不舒服。不过，两个人暂时又无处可去，只能忍着。他们在火盆上烤火的时候，一个士兵走了进来，说刚才联队长来过，和 K 中尉说了什么以后就走了。士兵们于是七嘴八舌地议论起来，说估计今晚就回联队了吧，还想在这儿再逗留一段时间呢，能在首相府里睡觉可是一辈子的回忆。

第一班所在的，正是首相秘书官的休息室。

又过了一会儿，只听走廊里传来一声怒喊："各班，派人拿饭！"上等兵探头到走廊问道："喂，值周上等兵，是首相府厨房做的好吃的吗？"那声音回答："不是，是联队刚用卡车送来的午饭。"各班跑出来七八个新兵跟着他去了。

木村心想，联队长来过，行动的饮食又由联队配给，由此看来此次行动应该是同联队沟通后进行的吧。这样的话，那他们所在的队伍只是先遣部队吗？让先遣部队做完事，联队再缓缓出动，接下来师团出动，也许他们是这样计划的。否则，只有大尉和中尉们不可能展开如此大规模而且果敢的行动，木村想通了。

但是之后，他和天野又一次一起被 K 中尉叫了过去。

"你们仅仅是出于医官的职责为伤者进行了处置而已，绝非作为战士和我们一起行动，这点我已经和联队长等长官都说好了，你们绝对不用担心。"

K 中尉的话令木村感到十分疑惑。木村心想，K 中尉说不用担心，难道意味着局势有可能不好吗？或者还是说，他们的行动可能会被追究法律责任，所以才让他们不用担心？

10

　　过了一会儿，M 少尉也找到了木村。他以一种高亢激昂的声音对木村说："卫戍医院刚刚打来了电话，想问一下伤者的情况。所以麻烦你去一趟吧。"

　　木村找来官邸的汽车，坐着朝若松町方向驶去，三宅坡和霞关一带都被行动部队的士兵封锁了，有哨兵严格检查进出。木村的车也在其间被拦下了两次。雪中日比谷一带则聚集了一些看热闹的市民，他们不时被宪兵往后推搡。木村乘坐的汽车经过时，也被他们以一种好奇的目光打量着了一番。

　　到达卫戍医院后，护士官出来见了他，然后对他说道："首相官邸的巡查护卫在来医院的路上就死了，听说是被步一的 M 少尉用军刀砍伤的，我们不清楚情况，请给我们讲一下。"

　　木村这下明白了 M 少尉激动的原因。巡查护卫的事情他是第一次听说，所以木村说自己也不清楚，只能回去好好查一下。这时来了一位军医少尉，告诉木村，院长想见他，然后便领着木村往前走。

　　奇怪的是，从首相官邸来到这里以后，木村感到了久违的心安。不是因为从前途未卜的行动部队得以脱身，而是因为这里是"医学"的世界，甚至可以说乃是他的"本科"。

　　走在长长的走廊上，遇到的军医、护士兵还有女护士都给木村一种倍感亲切的感觉。那仿佛来自同一群体展现出的友爱，丝毫没有所属部队的差别感。这里充满了同伴意识，空气中也酝酿着甜蜜的包容，而消毒水的味道更让他有一种回到医院的科室错觉。在这里兵科患者渺小了许多。兵科将校对护士兵都客客气气，他们显然在孤独中变得卑屈了。木村心里感到一种久违的舒适自在。他忽然觉得，既然发生了这么大的骚乱，也许他们奔赴寒冷地区的行动会被取消，由其他联队代替。

　　院长戴着少将肩章，年纪大概已经超过了五十五岁。他的短发里只夹杂着稀疏的白发，胡子却几乎全白了。不可思议的是，木村觉得这位院长和被子里露出来的总理大臣的脸有几分相似。

　　院长问木村："你是从哪里过来的？""首相官邸。"木村应道，然后依照院长所问如实陈述了事情的经过。

　　院长听完，不觉抬起了眼帘。

　　"皇军卫生部的立场，一贯是要立于圈外，不过以队属见习医官的身份，上级长官有令也不得不出动吧。但是今后，你要坚守卫生部的立场。"

　　院长语气平静，像在教诲，又像在表达同情。

　　返回首相官邸的路上，木村一直反复思考着院长的话。

　　院长说，立在圈外是皇军卫生部的主张。圈外无非是指"旁观"。

军营生活是"以军队成立要义及战时要求为基础，处境特殊"，在军营生活中要贯彻这种旁观主义。这正是以"博爱主义"为目的的医学，同军队目的的完美调和。

当时我从东京第一卫戍医院出来，直接返回了首相官邸，之后还帮忙处理了士兵脚上的水泡和擦伤。

但到了晚上，我怎么也睡不着，于是叫上天野见习医官一起去了陆相官邸。听说陆相官邸是第十一中队在守卫，而我们熟悉的志村见习医官也在那里。志村见习医官当时住在陆相官邸的通信室，我们在那儿聊了一会儿，也谈了很多今后事态会如何发展，但说实话，我们三个人说不清楚。

我们后来邀请志村来首相官邸参观，顺便住上一晚，志村同意了。我们带他逛了首相官邸，之后三个人在一间空房间睡下了。第二天清晨，志村吃过饭就返回陆相官邸去了。

第二天晚上，我睡在第一内务班，仍然到半夜也没睡着。凌晨两点左右，我偶然听到从联队来的负责军饷的下士说颁布了戒严令，当时大吃了一惊。

第三天清晨，K中尉在玄关前向整好队的士兵们传达了戒严令，并告诉大家首相官邸的部队是戒严直辖部队。

那天我一整天都待在官邸里，和天野忐忑不安地商量，想返回联队。我从官邸给联队的森田军医中尉打了电话，但旁边还有很多士兵在，所以我没能把心里想的都充分表达出来。

不过森田军医中尉似乎觉察到了我的意图，因为他跟我说："不要轻举妄动，可以的话就找机会从首相官邸溜出来吧。"

森田军医中尉是我尊敬的长官，所以我才给他打电话。

我和天野两个都想早些回去，为此想了各种计策，但要莽撞地往外跑可能会被哨兵击毙，而跟将校说又不知道事情会变成什么样，所以我们只能靠自己。

下午两点左右，秘书官们来收总理大臣的遗骸。之前遗骸一直就那么放着，但K中尉忽然把我和天野叫去，让我们处理一下尸体，于是我们检查了遗骸的伤口，并给受伤部位进行了包扎。

傍晚，一名伍长因为手枪走火，子弹穿透了他的右手手掌，我受命将这名伤员送去了东京第一卫戍医院。

结果等我到了卫戍医院，院长又把我叫了过去，并对我说："你就留在这里吧，不要再回首相官邸了。"听到院长的话，我顿时安了心。

院长之后才告诉了我现在的形势，他说："如果你们所在的部队不听话，可能会被全歼，最近就会颁布这道敕命。"

院长接着给第一师团的军医部长打了电话，挂掉电话后，又对我说了下面一番话。

"我原打算不让你回去了，但形势正逐渐好转。目前还没有危险，所以你先回首相官邸，悄悄告诉其他见习医官，希望你们三个人都能平安地到我们医院来。这样你的立场也会好一些，万一从首相官邸出不来，哪怕是掘地求生，被人说卑鄙、怯懦、怕死都没关系，总之要好好活着。"

因为院长的这一番晓谕，我回到了首相官邸，和天野商量后，当天晚上九点左右，我们从首相官邸后门对哨兵谎称要去山王酒店，终于得以逃了出来。山王酒店不仅有步一的将校，还有步三的将校在，志村也在那里。

我们在那儿见到了志村，三个人商量后决定一起去卫戍医院。志村当时对我们说："明天有患者要送医，我可以提前到今晚，到时候我跟着一起去，你们两个人先过去吧。"

于是天野和我两个人先去了卫戍医院。我们当时去见了院长，院长对我们能留在卫戍医院工作表示了欢迎，我们对此感激涕零，而在这里的几天也很开心。

接着便是三天后傍晚，大约七点左右，院长把天野和我叫了过去，说道："联队来接你们了，回去吧。"

就这样，我们在机关枪队〇特务曹长的带领下回到了步一联队，然后就被卫戍监狱拘留了。"

——木村见习医官审问笔录

图书在版编目（CIP）数据

假笑 / (日) 松本清张著；李洁译. -- 南京：江
苏凤凰文艺出版社, 2020.12
ISBN 978-7-5594-5274-0

Ⅰ.①假… Ⅱ.①松… ②李… Ⅲ.①推理小说 - 小
说集 - 日本 - 现代 Ⅳ.①I313.45

中国版本图书馆CIP数据核字(2020)第198420号

著作权合同登记号 图字：10-2020-450

假笑

［日］松本清张 著 李洁 译

责任编辑 李龙姣
策划编辑 赵明明
产品经理 何丽娜
装帧设计 谈 天
出版发行 江苏凤凰文艺出版社
南京市中央路 165 号，邮编：210009
网 址 http://www.jswenyi.com
印 刷 北京盛通印刷股份有限公司
开 本 787 毫米 ×1029 毫米 1/32
印 张 8
字 数 150 千字
版 次 2020 年 12 月第 1 版
印 次 2020 年 12 月第 1 次印刷
书 号 ISBN 978-7-5594-5274-0
定 价 49.80 元

江苏凤凰文艺版图书凡印刷、装订错误，可向出版社调换，联系电话025-83280257